AF217548

Tucholsky Wagner Zola Scott Sydow Freud Schlegel
Turgenev Wallace Fonatne
Twain Walther von der Vogelweide Fouqué Friedrich II. von Preußen
Weber Freiligrath Frey
Fechner Fichte Weiße Rose von Fallersleben Kant Ernst Frommel
Richthofen
Hölderlin
Fehrs Engels Fielding Eichendorff Tacitus Dumas
Faber Flaubert
Eliasberg Ebner Eschenbach
Feuerbach Maximilian I. von Habsburg Fock Eliot Zweig
Ewald Vergil
Goethe Elisabeth von Österreich London
Mendelssohn Balzac Shakespeare Dostojewski Ganghofer
Lichtenberg Rathenau Doyle Gjellerup
Trackl Stevenson Tolstoi Hambruch
Mommsen Thoma Lenz Hanrieder Droste-Hülshoff
Dach Verne von Arnim Hägele Hauff Humboldt
Reuter
Karrillon Garschin Rousseau Hagen Hauptmann Gautier
Damaschke Defoe Hebbel Baudelaire
Descartes
Hegel Kussmaul Herder
Wolfram von Eschenbach Dickens Schopenhauer Rilke George
Bronner Darwin Melville Grimm Jerome Bebel Proust
Campe Horváth Aristoteles
Bismarck Vigny Barlach Voltaire Federer Herodot
Gengenbach Heine
Storm Casanova Tersteegen Grillparzer Georgy
Lessing Gilm
Chamberlain Langbein Gryphius
Brentano Lafontaine
Strachwitz Claudius Schiller Kralik Iffland Sokrates
Bellamy Schilling
Katharina II. von Rußland Gerstäcker Raabe Gibbon Tschechow
Löns Hesse Hoffmann Gogol Wilde Gleim Vulpius
Luther Heym Hofmannsthal Klee Hölty Morgenstern Goedicke
Roth Heyse Klopstock Kleist
Luxemburg Puschkin Homer Mörike Musil
La Roche Horaz
Machiavelli Kierkegaard Kraft Kraus
Navarra Aurel Musset Moltke
Lamprecht Kind Kirchhoff Hugo
Nestroy Marie de France
Laotse Ipsen Liebknecht
Nietzsche Nansen Ringelnatz
Marx Lassalle Gorki Klett
von Ossietzky Leibniz
May vom Stein Lawrence Irving
Petalozzi Knigge
Platon Pückler Michelangelo Kock Kafka
Sachs Poe Liebermann Korolenko
de Sade Praetorius Mistral Zetkin

Der Verlag tredition aus Hamburg veröffentlicht in der Reihe **TREDITION CLASSICS** Werke aus mehr als zwei Jahrtausenden. Diese waren zu einem Großteil vergriffen oder nur noch antiquarisch erhältlich.

Symbolfigur für **TREDITION CLASSICS** ist Johannes Gutenberg (1400 — 1468), der Erfinder des Buchdrucks mit Metalllettern und der Druckerpresse.

Mit der Buchreihe **TREDITION CLASSICS** verfolgt tredition das Ziel, tausende Klassiker der Weltliteratur verschiedener Sprachen wieder als gedruckte Bücher aufzulegen – und das weltweit!

Die Buchreihe dient zur Bewahrung der Literatur und Förderung der Kultur. Sie trägt so dazu bei, dass viele tausend Werke nicht in Vergessenheit geraten.

Das Frühlicht

Henri Barbusse

Impressum

Autor: Henri Barbusse
Übersetzung: Leo von Meyenburg
Umschlagkonzept: toepferschumann, Berlin

Verlag: tradition GmbH, Hamburg
ISBN: 978-3-8424-0333-8
Printed in Germany

Text der Originalausgabe

Henri Barbusse

Das Frühlicht

Auszug aus dem Roman »Das Feuer«.

*

Zürich
1918

Das Säulentor

– Heut ist es neblig. Wollen wir gehn?

Poterloo hat diese Frage an mich gerichtet und sieht mich an mit seinem gutmütigen, blonden Kopf, dem das blaue Augenpaar eine gewisse Durchsichtigkeit verleiht.

Poterloo ist von Souchez gebürtig, und seit die Jäger Souchez endlich wieder zurückerobert haben, möchte er das Dorf wiedersehn; er hat dort einst glücklich gelebt, zur Zeit, als er noch ein Mensch war.

Eine gefährliche Wallfahrt. Nicht, dass es weit wäre; Souchez liegt dort ganz in der Nähe. Seit sechs Monaten sitzen und arbeiten wir, sozusagen auf Sprechweite vom Dorf entfernt, im Schützengraben und in den Laufgräben. Es handelt sich einfach darum, von hier aus gerade hinauf auf die Strasse von Béthune zu klettern, an der sich der Graben hinschlängelt und darunter die Zellen unserer Schutzlöcher liegen. Dann geht's noch vier- oder fünfhundert Meter die Strasse abwärts nach Souchez. Aber diese ganze Gegend wird regelmässig und fürchterlich beschossen. Seit ihrem Rückzug schicken die Deutschen mächtige Geschosse hinüber, die von Zeit zu Zeit unsere unterirdische Behausung donnernd erschüttern; dabei sieht man bald hier, bald dort schwarze Erde und Schutt über die Böschung hoch aufspritzen und senkrechte Rauchsäulen turmhoch aufsteigen. Warum sie Souchez beschiessen, weiss man nicht; denn kein Mensch, kein Haus steht mehr im Dorf, das erobert und wieder erobert wurde, nachdem man es sich gegenseitig hartnäckig immer wieder entrissen hatte.

Heute morgen allerdings hüllt uns ein dichter Nebel ein; unter dem Schutze dieses grossen Schleiers, den der Himmel auf die Erde wirft, könnte man es wagen ... jedenfalls wird man bestimmt nicht gesehen werden. Der undurchsichtige Nebel verschleiert die Fernsicht für die Instrumente, die irgendwo dort oben in der Nebelwatte eingewickelt sind, und der Nebeldunst bildet eine leichte und undurchsichtige Mauer zwischen unseren Linien und dem Beobachtungsposten von Lens und Angres, wo der Feind auf der Lauer liegt.

– Abgemacht! sag ich zu Poterloo.

Adjutant Barthe, den wir einweihten, nickte mit dem Kopfe und senkte die Lider zum Zeichen, dass er die Augen zudrücken wolle.

Es war das erstemal, dass ich tags über dieses Gelände ging. Wir hatten sie immer nur von weitem gesehn, diese schreckliche Strasse, die wir oft in der Dunkelheit und unterm Sausen der Granaten sprungweise überschritten hatten, oder auf der wir hin- und hergelaufen waren.

– Nun, kommst du, alter Knabe?

Kaum aber hatten wir im Nebel, der seine Baumwollfäden über die Strasse zerrupfte, ein paar Schritte gemacht, da blieb Poterloo mitten auf der Strasse stehn und riss seinen roten, halboffenen Mund und seine horizontblauen Augen auf.

– O je, o je, o je! ... murmelte er.

Und als ich mich nach ihm umschaute, deutete er auf die Strasse und sagte kopfschüttelnd:

– Das wär's also. Du lieber Gott, wie die aussieht! ... Hier grad kenn ich mich so gut aus, dass ich es ganz genau sehe, wie's war, wenn ich die Augen zumache, und ich brauch gar nicht weiter nachzudenken. Das Wiedersehn aber ist schrecklich. So schön war die Strasse, mit lauter Bäumen auf beiden Seiten ... Und jetzt, wie sieht sie aus? Da schau nur mal einer her: wie so 'n langes, verrecktes Zeug, traurig, traurig ... Guck mal her, die beiden Gräben rechts und links, der ganzen Länge nach aufgerissen, das aufgewühlte Pflaster mit Löchern drin und die ausgerissenen Bäume, durchgesägt, brandicht, zu Scheiterhaufen zerhackt, überall hingeschmissen, mit Kugellöchern drin, da guck mal her, wie 'n Sieb sieht das aus! – Herrgott! kannst dir nicht vorstellen, wie die Strasse entstellt ist!

Dann schreitet er vorwärts und sperrt bei jedem Schritt mit schrecklichem Erstaunen die Augen auf.

Die Strasse sieht in der Tat furchtbar aus, nachdem sich auf beiden Seiten anderthalb Jahre lang zwei Armeen geduckt, dran festgeklammert und ihr von hüben und drüben die entsetzlichsten Schläge versetzt hatten. Sie ist eine grosse Bahn der Wirrnis, auf der nur Kugeln einherjagen. Granaten haben sie gefurcht; sie ist aufgerissen und mit Ackererde bespritzt, zerwühlt und umgestochen bis auf die Knochen. Sie ist wie ein vermaledeiter Steg, farblos, alt und zerschunden, schaurig und grossartig anzuschaun.

– Wenn du sie früher gesehen hättest, sagt Poterloo, wie sauber und glatt war sie damals! Alle Bäume standen aufrecht, es fehlte kein Blatt und keine Farbe; wie Schmetterlinge schimmerten sie, und immer ging gerade jemand vorbei, der einem guten Tag wünschte: ein altes Frauchen, die zwischen zwei Körben wackelte, oder sonst Leute, die auf einem Wagen sassen und laut miteinander sprachen, im gütigen Wind mit aufgeblasenen Blusen. Ach, war das ein glückliches Dasein früher!

Er geht an den Rand jenes dunstigen Flusses, der über das Strassenbett fliesst, bis zur aufgeworfenen Brustwehr. Er bückt sich und bleibt vor verschwommenen Erdhaufen stehen, auf denen man Kreuze entdeckt: es sind Gräber, die in gewissen Abständen in die Nebelmauer eingelassen sind, wie Kreuzstationen in einer Kirche.

Ich rufe ihn. Wir kommen niemals hin, wenn wir kriechen wie 'ne Prozession. Los!

Wir kommen an eine Geländesenkung, ich zuerst und dann Poterloo, der mit wirrem und schwerem Kopfe vergebens mit den Dingen Blicke zu tauschen versucht. Dort senkt sich die Strasse und verschwindet nach Norden in einer Geländefalte. An dieser geschützten Stelle herrscht ein wenig Verkehr.

Auf der verschwommenen, schmutzigen und kranken Erde, wo Gras in schwarzer Schmiere versumpft, liegen Tote nebeneinander. Sie werden nachts dorthin gebracht, wenn man die Schützengräben und die Ebene säubert. Dort warten sie, die einen schon lange, darauf, nachts in die Kirchhöfe hinter die Front gebracht zu werden.

Wir treten leise an sie heran. Sie liegen dicht aneinander; ein jeder zeigt noch, mit den Beinen oder den Armen, die eigentümliche Gebärde seines erstarrten Todeskampfes. Manche haben halbverweste Gesichter, brandige, gelbe Haut mit schwarzen Punkten. Mehrere haben ein vollständig verkohltes, teeriges Gesicht, geschwollene und ungeheure Lippen. Aufgedunsene Negergesichter. Zwischen zwei Leichen hervor starrt, diesem oder jenem angehörend, ein durchhackter Handknöchel, an dem ein Faserknäuel hängt.

Andre wieder sind nur noch unförmige, beschmutzte Larven, aus denen unerkennbares Rüstzeug oder Knochenfetzen ragen. Etwas weiter weg liegt ein so schrecklich zugerichteter Leichnam, dass man ihn an zwei Pfählen in ein Drahtnetz legen musste, um ihn unterwegs, beim Tragen, nicht zu verlieren. So haben sie ihn, wie einen Ballen, in der metallenen Hängematte herübergetragen und hier niedergelegt; dran ist kein Unten und kein Oben mehr zu unterscheiden; aus dem unförmigen Haufen ist nur eine klaffende Hosentasche erkennbar, aus der ein Insekt herauskriecht und wieder hineinschlüpft.

Um die Toten flattern Briefe, die aus ihren Kleidern oder ihren Patronentaschen geflogen sind, als man den Leichnam niederlegte. Auf einem dieser schneeweissen Papierfetzen, die im Wind umherflattern und die der Kot beschmiert, lese ich, leise darüber geneigt, diesen Salz: »Lieber Henri, wie schön das Wetter zu deinem Geburtstage ist! ...« Der Soldat liegt auf dem Bauch; von einer Hüfte zur andern klafft eine tiefe Furche; sein Kopf liegt halb nach hinten gedreht; man sieht ein hohles Auge und auf der Schläfe, auf der Backe und dem Hals ist sowas wie grünes Moos gewachsen.

Eine eklige Luft kriecht mit dem Wind um die Toten und die Schutthaufen: Zelttücher oder Kleiderfetzen verdreckten Stoffes, durch das trockene Blut steif geworden oder durch Geschossbrand verkohlt, hart, erdig und schon verfault; darauf krabbelt und wühlt eine lebende Schicht. Man hält den Geruch kaum aus. Wir schauen uns kopfnickend an und wagen es nicht, laut zuzugestehn, dass es hier übel riecht. Und doch entfernen wir uns nur langsamen Schrittes.

Dann sahen wir im Nebeldunst Männer auftauchen. Sie waren vornübergebeugt und die Last, die sie trugen, kettete sie aneinander. Es sind Träger von der Landwehr, die einen frischen Leichnam herbringen. Keuchend schreiten sie vorwärts mit ihren alten, abgezehrten Köpfen und schwitzen; die Anstrengung verzerrt ihre Gesichter zu Fratzen. Zu zweit einen Leichnam im Kot durch die Gräben tragen, ist eine fast übermenschliche Aufgabe.

Sie legen den Toten ab; er trägt noch eine frische Uniform.

– Noch nicht lange, stand er noch aufrecht, meint einer der Träger. Grad vor zwei Stunden ist ihm die Kugel in den Kopf gefahren, als er ein deutsches Gewehr in der Ebene holen wollte: nächsten Mittwoch hätte er gerade Urlaub gehabt und wollte das Gewehr nach Hause mitnehmen. Es ist ein Sergeant vom 405ten, von der Klasse 14. Ein netter kleiner Kerl.

Dann zeigte er ihn uns; er lüftete das Taschentuch, das ihm das Gesicht verdeckte; er ist blutjung und schien zu schlafen; nur dass der Augapfel verdreht war, die Wange wachsfarbig, und ein rötliches Wasser nässte ihm Nasenlöcher, Mund und Augen.

Dieser Leib, der wie ein reiner Ton in jener Leichengegend liegt und noch gelenkig beim Tragen den Kopf auf die Seite neigt, als mache er sich's bequem, erweckt die kindliche Illusion, er sei weniger tot, als die andern. Er ist auch weniger entstellt und hat etwas Pathetischeres, Mitteilsameres, und merkt auf, wenn man ihn anschaut. Und wenn wir überhaupt angesichts dieser Anhäufung erloschner Wesen ein Wort herausbrächten, so wär's: »Der arme Junge!«

Dann gingen wir auf die Strasse zurück; von hier ab führte sie hinunter nach Souchez. Und auf der bleichen Nebelstrasse war es wie in einem schrecklichen Jammertal. Ein stets wachsendes Durcheinander von Schutt, Ueberresten und Auswurf häuft sich an auf dem zerschundenen Rückgrat des Pflasters bis an die kotigen Strassenränder. Die Bäume liegen auf dem Boden oder sind verschwunden und ausgerissen, wie zerfleischte Stummel. Die Geschosse haben die Böschungen über den Haufen geworfen und zerfetzt. Längs der Strasse auf beiden Seiten, oder auch vereinzelt, stehn nur noch die Kreuze auf den Gräbern aufrecht; sonst sieht man nur zwanzigmal verschüttete und wieder ausgegrabene Gräber. Löcher mit Uebergängen oder Flechtwerk über sumpfigen Stellen.

Je weiter wir kommen, desto schrecklicher, zerwühlter, verfaulter und sündflutlicher erscheint alles. Man schreitet auf einem Pflaster von Granatsplittern. Auf Schritt und Tritt stösst der Fuss daran und verfängt sich alle Augenblicke in ihre Fallen. Man stolpert über einen Wust von zerbrochenen Waffen, Scherben von Kochgeschirren, Kannen, Oefen, Nähmaschinen und über elektrische Drahtknäuel, über deutsche und französische, zerrissene Ausrüstungen, die eine trockene Kotrinde bedeckt, über zweifelhafte Kleidungsstücke, an denen eine rotbraune Kittmasse klebt. Dazu muss man auf die Blindgänger aufpassen, die überall ihre Spitzen herausstecken, ihr Verschlusstück zeigen oder auch auf der Flanke liegen, rot, blau oder schwarzbraun angestrichen.

– Das ist der alte deutsche Schützengraben, den sie endlich aufgegeben haben.

Stellenweise ist er verstopft, dann wieder wütend durchschossen. Die Erdsäcke sind zerrissen, aufgeschlitzt, zertrümmert und wehn leer im Winde; die Stützbalken sind zerbrochen und strecken ihre Stümpfe nach allen Seiten. Die Unterstände sind bis obenan mit Erde und Gott weiss womit noch verstopft. Alles das sieht aus wie ein halb ausgetrocknetes, zertretenes, aufgerissenes und sumpfiges Flussbett, das vom Wasser und von den Menschen sich selbst überlassen ist. An einer Stelle hat die Beschiessung den Graben wörtlich weggewischt; der ausgehöhlte Graben ist hier nur noch ein Feld frischer Erde und symmetrisch der Länge und der Breite nach nebeneinander liegender Löcher.

Ich mache Poterloo auf dieses aussergewöhnliche Feld aufmerksam, worüber ein Riesenpflug gegangen zu sein scheint.

Aber ihn beschäftigt bis in sein tiefstes Innere die Aenderung, die die Landschaft erlitten hat.

*

Plötzlich, als erwache er aus einem Traum, zeigt er verblüfft mit dem Finger nach einer Stelle in der Ebene.

– Das Cabaret Rouge!

Man sieht dort ein flaches Feld, mit zerbrochnen Backsteinen belegt.

Und das? Was ist das?

Ein Randstein? Nein, es ist kein Randstein. Es ist ein Kopf, ein schwarzer, gegerbter, gewichster Kopf. Der Mund sitzt ganz schief, und man sieht Schnurrbarthaare, die auf beiden Seiten nach oben starren: ein dicker, verkohlter Katzenkopf. Darunter sieht man einen Leichnam – es ist ein Deutscher –, der aufrecht in der Erde steckt.

Und das?

Eine grausige Zusammenstellung: ein ganz weisser Schädel, dann zwei Meter vom Schädel abseits ein Paar Stiefel und zwischen beiden ein Haufen zerfaserten Lederzeugs und in brauner Kotmasse erstarrte Lumpen.

– Komm. Der Nebel hat nachgelassen. Beeilen wir uns.

Hundert Meter vor uns, in den durchsichtigeren Nebelwellen, die vor uns herwehn und ihre Schleier mehr und mehr lüften, pfeift ein Geschoss und platzt ... Es schlug gerade in die Stelle ein, an der wir im Augenblick vorübergehen werden.

Dann geht's bergab. Die Senkung ebnet sich allmählich. Wir gehn nebeneinander her. Mein Begleiter spricht kein Wort, er schaut nach rechts und schaut nach links.

Dann bleibt er wieder stehn, wie vorhin auf der oberen Strasse. Ich höre ihn halblaut stottern:

Ja? Wir sind doch da ... ja, ja, hier ist es.

Wir haben in der Tat die Ebene nicht verlassen und stehn immer noch in jener öden, ausgebrannten Wüste, – und dennoch sind wir im Dorfe Souchez!

*

Das Dorf steht nicht mehr. Nie hab ich ein derartig verschwundenes Dorf gesehen. Allain-Saint-Nazaire und Carency haben noch den äusseren Anschein einer Ortschaft gewahrt, mit ihren eingefallnen und abgebrochnen Häusern, ihren mit Kalk und Ziegeln verschütteten Höfen. Hier dagegen hat alles jegliche Form verloren; übrig blieb nur noch der Rahmen niedergerissener Bäume, der uns mitten im Nebel, mitten in einer Scheinumgebung umgibt. Nicht eine Wand, kein Gitter, kein Tor ist stehn geblieben; überrascht bemerkt man ein Pflaster im Durcheinander von Balken, Steinen und Eisen; hier also war eine Strasse!

Alles das sieht aus wie verworrenes, schmutziges und sumpfiges Vorstadtgelände, auf das die Stadt jahrelang, ohne ein leeres Plätzchen zu schonen, ihren Schutt, ihre Abfälle, ihr morsches Baumaterial und ihr altes Geschirr regelmässig abgelagert hätte: es ist eine gleichmässige Schutt- und Abfallschicht, in der man einsinkt und langsam und mühevoll vorwärtskommt. Die Beschiessung hat die

Dinge so sehr entstellt, dass sie den Lauf des Mühlenbaches abgelenkt hat; dieser bildet, dem Zufall anheimgelassen, auf dem übrigen Stück des kleinen Platzes, wo ein Kreuz stand, einen Teich.

Hie und da ein paar Granatenlöcher, in denen verzerrte und aufgeblähte Pferde faulen; in anderen Löchern liegen die Ueberreste dessen, was ein menschliches Wesen war und durch die entsetzliche Wunde der Granate entstellt wurde.

Quer über dem Pfad, der uns über diesen Zusammenbruch führt und über jene Schuttflut unter der tiefen Trübsal des Himmels, liegt ein Mann, als ob er schliefe; aber er liegt platt auf der Erde, woran man die Toten von den Schläfern unterscheidet. Es ist ein Suppenträger mit seinem Brotkranz, den ein Lederriemen zusammenhält, und die Kannen der Kameraden hängen ihm an einem Riemenbündel traubenförmig über die Schulter. Letzte Nacht hat ihm offenbar ein Granatsplitter den Rücken eingestossen und durchlöchert. Wir sind jedenfalls die ersten, die ihn entdecken, diesen verborgenen Soldaten, der im Verborgenen gefallen ist. Vielleicht ist er schon zersetzt, wenn andere hier vorbeikommen. Ich suche nach seiner Erkennungsmarke; sie klebt im geronnenen Blut, in welchem seine rechte Hand liegt. Ich schreibe den mit blutigen Buchstaben gezeichneten Namen ab.

Poterloo lässt mich das allein besorgen. Er sieht aus wie ein Nachtwandler. Er schaut und schaut in einem fort wie wahnsinnig überall hin; er sucht und sucht in diesen zerfetzten, verwischten Dingen, in dieser Leere, er sucht und forscht den dunstigen Horizont aus.

Dann setzt er sich auf einen querliegenden Balken, nachdem er einen ausgerenkten Kochkessel mit dem Fuss heruntergeschlagen hat. Ich setze mich neben ihn. Ein Nebelregen rieselt leise. Die Feuchtigkeit des Nebels fliesst zu Tropfen zusammen und belegt die Dinge mit einem leichten Schimmer.

Poterloo murmelt:

– Herr Gott!

Er wischt sich die Stirne ab und blickt mich flehentlich an. Er möchte verstehn, die Zerstörung dieses Erdstrichs möchte er umarmen und diese Trauer zur seinen machen. Er stottert unzusammenhängendes Zeug und nimmt seinen grossen Helm vom Kopfe und man sieht, wie sein Schädel dampft. Dann sagt er mühevoll zu mir:

– Kannst dir nicht vorstellen, du kannst es nicht, kannst es einfach nicht ...

Dann keucht er:

– Das Cabaret Rouge, wo der deutsche Schädel liegt mit nichts als Abfall drum herum ..., diese Kloake, das war früher ... am Weg, ein Backsteinhaus mit zwei niederen Gebäuden neben dran ... Wie oft, Herr Gott, da gerade wo wir stehn geblieben sind, wie oft hab ich der alten Frau, die auf der Türschwelle lachte, »auf Wiedersehn« gesagt und wischte mir dabei den Mund ab und guckte nach Souchez hin und ging dann heim! Und nach ein paar Schritten drehte ich mich immer noch mal um und rief ihr noch einen Witz zu! Ach! du kannst dir das gar nicht vorstellen ... Ja, und das hier?

Er führte den Arm im Kreis um sich und deutete damit die ganze Leere an, die ihn umgab ...

– Wir wollen nicht zu lange hier bleiben. Der Nebel steigt wieder auf, weisst du.

Dann stand er mühevoll auf.

– Gehn wir ...

Das schwerste war noch nicht getan. Sein Haus ... Er stutzt, orientiert sich und geht ... – Da ist es ... Nein, ich bin schon dran vorbei. Da stand es nicht. Ich find die Stelle nicht mehr, wo es stand. Gott, ist das ein Elend!

Er ringt verzweifelt die Hände und hält sich nur schwer aufrecht auf dem Durcheinander von Verputz und Balken. Dann plötzlich fühlt er sich verloren in dieser verschütteten Ebene, ohne Anhaltspunkt und schaut zum Himmel wie ein unbewusstes Kind, wie ein Wahnsinniger. Er sucht das Heimelige jener in den unendlichen Raum verwehten Zimmer und sucht die Gestalt und das Halbdunkel der Wohnungen, die in den Wind gestreut sind.

Nachdem er verschiedene Male hin- und hergegangen ist, bleibt er an einer Stelle stehn und tritt ein wenig zurück.

– Da war es. Ganz bestimmt. Guck her: an diesem Stein erkenn ich's wieder. Da war das Kellerloch. Hier hat das Gittereisen noch eine Spur zurückgelassen, bevor es davongeflogen ist.

Er schnäuzt die Nase, denkt nach und schüttelt in einem fort den Kopf.

– Wenn nichts mehr da steht, dann begreift man erst recht, wie glücklich man war. Ach! wie war man doch glücklich!

Er nähert sich mir und lacht nervös.

– Das ist keine gewöhnliche Sache, was? So was hast du sicher noch nicht gesehn; was das heisst, sein Haus nicht mehr finden, nachdem man seit jeher drin gelebt hat ... !

Dann macht er kehrt und zieht mich nach.

– Jetzt können wir uns drücken, nachdem doch nichts mehr da ist. Und wenn wir noch stundenlang die Stelle ansehn, wo das Zeug gestanden hat! Komm, wir gehn.

Und wir gingen. Wir sind wie zwei lebende Flecken an diesem dunstigen und illusorischen Ort, in diesem Dorf, das am Boden liegt und auf das wir treten.

Nun steigen wir die Strasse wieder hinauf. Das Wetter heitert auf. Der Dunst verfliegt sehr schnell. Mein Kamerad schreitet mit grossen Schritten stumm einher, die Nase auf den Boden gerichtet; dann zeigt er mir ein Feld:

– Der Kirchhof, sagt er. Da stand er früher, jetzt ist er überall und hat um sich gegriffen, unaufhörlich, wie eine Weltkrankheit.

Auf halber Höhe kommen wir langsamer vorwärts. Da tritt Poterloo näher an mich heran.

– Das alles, siehst du, es ist zu viel. Es ist zu arg ausgewischt mein ganzes früheres Leben. Ich habe Angst, so sehr ist das ausgewischt.

– Bewahre: deine Frau ist doch gesund, du weisst es doch und dein kleines Mädchen auch.

Auf diese Bemerkung hin macht er ein komisches Gesicht:

– Meine Frau? ... Ich will dir was sagen: meine Frau ...

– Nun, was ist?

– Was ist? Gesehn hab ich sie.

– Gesehen? Ich dachte, sie sei im besetzten Gebiet?

– Ja, sie ist in Lens bei meinen Eltern. Und ich hab sie wieder gesehn ... Ach, übrigens pfeif ich drauf! ... Ich will dir alles erzählen! Jawohl, ich war in Lens, vor drei Wochen. Es war am elften. Also vor zwanzig Tagen.

Ich schaute ihn verblüfft an ... aber er sieht wirklich aus, als sage er die Wahrheit. Er schreitet in der zunehmenden Helligkeit neben mir und fängt an zu stottern:

– Es hiess, erinnerst dich vielleicht noch ... Nein, ich glaub, du warst nicht da ... Es hiess also, man müsse den Drahtverhau vor dem Billard-Parallelgraben verstärken. Du weisst, was das heissen will. Bis jetzt hatte man's noch nie machen können; sowie man aus dem Schützengraben rausgeht, sieht man einen auf dem Abhang, der so 'nen komischen Namen hat.

– Der Toboggan.

– Ganz recht; nachts oder bei Nebel ist die Stelle ebenso gefährlich wie am Tag, wegen der Gewehre, die schon auf Gabeln bereit liegen und wegen der Maschinengewehre, die man am Tage aufstellt. Wenn sie nichts sehn, dann beschiessen die Deutschen immer die ganze Gegend. – Man hat ein paar Pioniere aus der Genie-Kompagnie genommen, aber sie haben sich gedrückt, dann hat man an ihre Stelle ein paar ausgewählte Soldaten aus verschiedenen Kompagnien herausgesucht. Ich war auch einer davon. Also gut. Wir steigen raus. Kein einziger Gewehrschuss! Wir wussten nicht, was das bedeuten sollte. Auf einmal kriecht ein Deutscher, zwei Deutsche, zehn Deutsche aus dem Boden – die grauen Teufels! – und machen uns Zeichen und rufen: »Kamerad!« »Wir sind Elsässer«, rufen sie und kriechen in einem fort aus ihrem internationalen Schlauch. »Wir tun euch nichts«, schreien sie, »nur keine Angst, Freunde. Lasst uns nur ungeschoren unsere Toten begraben.« Und nun arbeiten wir, jeder für sich, miteinander gesprochen haben wir sogar, denn es waren Elsässer. Eigentlich schimpften sie über den Krieg und über ihre Offiziere. Unser Sergeant wusste wohl, dass es verboten war, sich mit dem Feind zu unterhalten; man hat uns sogar vorgelesen, dass wir nur mit der Knallbüchse zu ihnen sprechen sollten. Aber der Sergeant dachte eben, es sei eine aussergewöhnliche Gelegenheit, den Drahtverhau zu verstärken, und weil sie uns ruhig gegen sich selbst arbeiten liessen, wär man dumm gewesen, wenn man's nicht ausgenutzt hätte ... Nun aber kommt so'n Deutscher und fragt:»Ist keiner von euch aus dem besetzten Gebiet und möchte Nachrichten über seine Familie haben?« – Weisst du, da hab ich nicht mehr widerstehn können. Ohne zu wissen, ob's gut oder schlecht sei, bin ich vorgetreten und hab gesagt, ich sei so einer. Da fragt mich der Deutsche aus; ich sag ihm, dass meine Frau in Lens sei, bei ihren Eltern mit der Kleinen. Da fragt er mich, wo sie wohnt. Ich erkläre es ihm, und da meint er, es sei schon recht.»Horch mal,« sagt er dann,»ich bring dir die Antwort zurück.« Und auf einmal haut er sich an die Stirne, der Deutsche, und tritt näher:»Hör du, wir machen's noch viel besser. Wenn du machst, was ich dir sag, sollst du sie sehn, deine Frau und deine Kinder auch und alles, wie ich dich jetzt sehe.« Dann sagt er, ich müsse ihm nur nachgehn um die und die Zeit mit einem deutschen Mantel und einer Feldmütze, die er mir verschaffen wolle. Er wolle mich in Lens schon unter die Kohlenmannschaft bringen; und so könnten wir bis zu mir heim. Dort könnte ich alles sehn, müsste mich aber gut verstecken und mich nicht sehn lassen; er stehe schon für die Leute von der Kohlenmannschaft ein, aber im Haus seien Unteroffiziere, für die er nicht garantieren könne ... Weiss Gott, Alter, ich hab's angenommen!

– Das war gefährlich!

– Freilich war das gefährlich. Aber ich hab mich plötzlich dazu entschlossen, ohne weitere Ueberlegung, ich wollte es gar nicht überlegen, so sehr blendete mich der Gedanke, dass ich die Meinen sehn sollte. Und wenn ich nachher auch erschossen würde, meinetwegen: für nichts hast du nichts. Das ist die Geschichte von Angebot und der Nachfrage, nicht? – Gegangen ist die Sache wie geschmiert. Das einzig Schwierige war, eine Mütze zu finden, weisst, ich hab einen dicken Schädel. Aber auch das haben sie gedeichselt; sie haben mir schliesslich einen Flohsack ausfindig gemacht, der mir passte. Ich hatte grad dem Caron seine deutschen Stiefel, das weisst du ja. So sind wir rüber in die deutschen Gräben (die übrigens den unsern verdammt ähnlich sehn) mit den deutschen Kameraden, die mir sagten, ich soll nur keine Angst haben, und zwar gut französisch – so'n gutes Französisch, wie ich red. – Kein einziges Hindernis, nichts. Der Hinweg ist glatt abgelaufen. Alles hat sich so leicht und einfach abgewickelt, dass ich ganz vergessen hatte, dass ich nur ein geschminkter Deutscher war. Abends sind wir in Lens angekommen. Ich weiss noch, dass ich an la Perche vorbei in der rue du Quatorze-Juillet eingebogen bin. Die Leute hab ich in der Stadt rumgondeln sehn wie in unsern Quartieren. Erkannt hab niemand, es war zu dunkel; auch mich hat keiner erkannt, auch weil's zu dunkel war und auch weil keiner an so 'ne Geschichte dachte ... Finster war's, dass man 's Aug mit dem Finger nicht mehr fand, als ich in den Garten meiner Eltern gekommen bin. – Das Herz pochte mir; gezittert hab ich am ganzen Leib, wie wenn ich nur 'n Herz gewesen wäre. Zurückhalten hab ich mich müssen, sonst wär ich vor Lachen geplatzt und noch auf französisch dazu, so glücklich war ich, so gerührt. Der deutsche Kamerad sagte dann zu mir: »Jetzt gehst du einmal und dann noch einmal an der Tür und am Fenster vorbei, und schaust hinein, aber ohne dir was anmerken zu lassen ... Pass auf.« Dann hab ich mich zusammengenommen, hab die Aufregung hinuntergeschluckt mit einem Ruck. Ein feiner Mensch war's schon, der Kerl, er wär nämlich elend reingeflogen, wenn ich mich ertappen liess! – Weisst du, bei uns wie im ganzen Pas-de-Calais sind die Eingangstüren alle zweiteilig: der untere Teil bis zur Hälfte ist eine Art Gitter und oben ist es wie so 'n Laden. So kann man die untere Hälfte schliessen und ist halb draussen, halb drin. Der Laden nun, der stand offen, und im Wohnzimmer, das als Esszimmer und zugleich als Küche dient, war Licht und man hörte Stimmen. Nun geh ich vorbei und streck den Hals nach der Seite. Da sah ich helle und rosigbeschienene Männer- und Frauenköpfe um den runden Tisch, auf dem die Lampe stand. Da hab ich sie direkt angeschaut, die Clotilde. Ich hab sie gut gesehn. Sie sass zwischen zwei Kerlen, Unteroffizieren, so viel ich weiss, und die sprachen mit ihr. Und weisst du, was sie tat? Nichts; sie lächelte, neigte ganz lieb ihr Gesicht mit ihrer leichten, blonden Haareinfassung, auf die die Lampe einen goldigen Schein legte. – Sie lächelte. Sie war zufrieden. Sie schien sich wohl zu fühlen neben diesen deutschen betressten Kerlen, an der Lampe und dem Feuer, das mir seine Wärme entgegenhauchte und das ich wieder erkannte. Dann bin ich vorübergegangen, hab mich umgedreht und bin nochmal durchgegangen, und hab sie wiedergesehen mit dem gleichen Lächeln. Und zwar war's kein erzwungenes Lächeln, mit dem man bezahlt, nein, ein ehrliches Lächeln, das aus ihrem Innersten kam und das sie selbst hergab. Und während den beiden, blitzkurzen Augenblicken, die ich hineingeschaut habe, hab ich auch mein kleines Mädchen sehen können, wie sie gerade einem dicken betressten Kerl die Hände reichte und versuchte, ihm auf die Knie zu klettern und daneben hab ich noch jemand erkannt, nun, wer war's doch gleich? Ja, es war Madeleine Vandaërt, dem Vandaërt seine Frau; ein Kamerad von mir vom 19ten, der an der Marne, bei Montyon, gefallen ist. – Sie wusste, dass er gefallen war, sie war nämlich in Trauer. Und sie, sie lachte und lachte fest, sag ich dir ... und guckte den einen und den andern an mit 'nem Aussehn, als wollte sie sagen: »Wie glücklich bin ich hier!« – Ach ja! Ich aber bin raus und an die Kameraden gerannt, die draussen auf mich warteten und mich zurückführen sollten. Wie ich zurückgekommen bin, könnt ich nicht sagen. Ich war wie geschlagen. Gestolpert bin ich beim Gehn wie 'n Gehetzter. Und es hätte mich keiner anscheissen sollen in dem Moment! Laut herausgebrüllt hätte ich; Skandal hätt ich gemacht, um mich erschiessen zu lassen, dass es mit dem Schweineleben ein End hätte. Verstehst du? Gelächelt hat sie, meine Frau, meine Clotilde, an diesem Kriegstage! Also genügt es, dass man eine Zeitlang fort ist und man kommt einfach nicht mehr in Betracht. Du schiebst ab von zu Hause in den Krieg und alles scheint unterzugehn; und während du's glaubst, so gewöhnt man sich an deine Abwesenheit und allmählich ist es, als ob du überhaupt nicht existiertest; man kommt ohne dich aus und ist glücklich wie vorher und lächelt. Gottver ... ! ich red nicht von der andern Schickse, die laut lachte, aber meine Clotilde, die Meinige, die grad in dem Augenblick, wo ich zufällig dazukam, grad in dem Augenblick sich nicht schlecht um mich futierte; da kannst du sagen, was du willst. – Wenn sie schliesslich noch mit Freunden oder Verwandten zusammen gewesen wäre; aber nein, gerade mit deutschen Unteroffizieren! Das musst du doch selber sagen, das war doch zum Hineinspringen ins Zimmer, ihr ein Paar rechts und links runterhauen und der andern Schneppe in Trauer den Hals drehn! – Jawohl, ich hab auch einen Augenblick dran gedacht. Ich weiss schon, dass ich zu weit ging ... aber, was willst du, ich war eben ausser mir. – Weisst du, ich will nicht mehr sagen, als ich meine. Sie ist ein gutes Mädel, die Clotilde. Ich kenn sie schon und hab Zutrauen zu ihr. Das ist mal sicher, weisst du: wenn ich was abkrieg, weint sie sich mal vorerst alle Tränen aus dem Leib. Ich weiss ja schon, sie weiss, dass ich lebe, aber darum handelt es sich gar nicht. Nur dass sie einfach glücklich ist und zufrieden und aufgeht, sobald sie ein gutes Feuer, eine gute Lampe und Gesellschaft hat, ob ich nun da bin oder nicht ...

Ich zog Poterloo weiter:

– Du übertreibst, alter Kerl. Du machst dir dumme Gedanken, meinst du nicht? ...

Wir waren ganz langsam weitergegangen und standen noch am Fusse der Anhöhe. Der Nebel war am Verfliegen und schimmerte silbern. Bald wird die Sonne scheinen. Jetzt schien die Sonne.

*

Poterloo hielt Umschau und sagte:

– Wir wollen hinten rum über die Strasse von Carency.

Wir gingen quer über die Felder. Nach einer Weile sagte er zu mir:

– Ich übertreibe, meinst du? Du sagst, ich übertreibe?

Dann grübelte er nach:

– So! Dann schüttelte er den Kopf, wie er es den ganzen Morgen getan hatte, und sagte:

– Aber schliesslich, es ist doch eine Tatsache.. Wir stiegen die Anhöhe hinauf. Es wehte eine wärmere Luft; als wir auf einen Geländevorsprung kamen, schlug Poterloo vor, noch einen Augenblick abzusitzen, bevor wir den Rückweg anträten.

Er setzte sich hin unter der Last jener Gedanken, die ihm den ganzen Kopf durcheinanderbrachten. Er runzelte die Stirn. Dann wandte er sich verlegen zu mir, als wolle er mich um einen Dienst bitten.

– Sag mal, Alter, ich überlege, ob ich wirklich recht hab.

Nachdem er mich aber angeschaut hatte, betrachtete er die Dinge, als wolle er eher diese befragen als mich.

Da wurde auf der Erde und am Himmel alles anders. Der Nebel war bis auf einen traumhaften Ueberrest verweht. Das weite Land entschleierte sich. Die enge, trübselige und graue Ebene weitete sich, verjagte die Schatten und nahm Farbe an. Allmählich kam, wie zwei Flügel, von Osten und Westen die Helligkeit über sie. Dort unten sahen wir Souchez zwischen den Bäumen liegen. Aus der Entfernung gesehen und im hellen Licht richtete sich die kleine Ortschaft vor unserm Auge wieder auf, im neuerstandenen Sonnenschein.

– Hab ich wirklich recht? wiederholte Poterloo mit wachsender Ungewissheit.

Bevor ich aber antworten konnte, gab er sich selbst die Antwort; zunächst mit leiser Stimme vor dem Sonnenlicht:

– Sie ist jung, weisst du: sechsundzwanzig Jahre hat das Menschenkind. Sie kann ihre Jugend eben nicht einsperren; sie bricht bei ihr überall aus und wenn sie am Feuer und vor der Lampe ausruht, muss sie eben lächeln; und wenn sie auch laut rausplatzte, so war das einfach die Jugend, die ihr aus der Kehle singt. Sie lächelt nicht wegen den andern, eigentlich, sondern wegen ihr. Das ist eben Leben; sie lebt halt. Freilich, sie lebt und weiter nichts. Da kann sie doch nichts dafür, wenn sie lebt. Man kann doch nicht verlangen, dass sie sterben soll? Oder soll sie wegen mir und der Deutschen den ganzen lieben langen Tag weinen? Soll sie schimpfen? Man kann doch nicht die ganze Zeit weinen und schimpfen achtzehn Monate lang. Natürlich. Die Geschichte dauert einfach zu lange, wenn ich dir sage. Da steckt der Has im Pfeffer.

Dann schwieg er und sah sich das Panorama von Notre-Dame-de-Lorette an. Jetzt lag es vom Lichte überstrahlt vor uns.

– Und mit der Kleinen ist es dieselbe Geschichte; sie hatte es mit einem Menschen zu tun, der sie nicht fortgejagt hat, da ist sie ihm eben auf die Knie gekrabbelt. Vielleicht wär's ihr lieber, wenn's der Onkel oder ein Freund von ihrem Vater gewesen wäre – vielleicht – aber sie versucht's halt mit dem einzigen, der immer da ist, selbst wenn's ein dickes Brillenschwein ist. Ja! rief er aus, stand auf und fuchtelte vor mir in der Luft herum; man könnte mir zwar antworten, und wenn ich nicht davonkäme, würde ich sagen: »Alter Knabe, bist verratzt, keine Clotilde mehr, keine Liebe mehr! Ein anderer wird dich über kurz oder lang in ihrem Herzen ablösen. Da kannst du nicht dran wackeln: Die Erinnerung an dich, dein Bild, das sie von dir im Herzen trägt, verwischt allmählich und ein andrer wird sich draufsetzen und sie wird ein neues Leben beginnen.« Ja, wenn ich nicht davonkäme!

Drauf lacht er glücklich.

– Aber ich hab wohl die Absicht davonzukommen. Das stimmt allerdings, da musst du sein, sonst ... du musst da sein, siehst du, wiederholt er mit ernsterer Stimme. Denn sonst wenn du nicht da bist, bist du im Nachteil, und wenn du's mit Heiligen oder Engeln zu tun hast. Es ist einmal so. Aber ich bin da!

Er lacht.

– Und nicht zu knapp bin ich da!

Dann steh ich ebenfalls auf und klopf ihm auf die Schulter.

– Hast recht, alter Bruder. Das alles wird mal ein Ende nehmen.

Er reibt sich die Hände und spricht unaufhörlich weiter.

– Ja, Teufel, das wird schon mal aufhören. Nur keine Angst. Ich weiss schon, bis dahin wird's noch manches zu fressen geben. Da gibt's noch zu fausten und nicht nur mit den Armen. – Alles wird wieder frisch angefangen werden müssen. Kein Haus mehr, kein Garten mehr. So wird man's Haus wieder bauen, und wird den Garten wieder machen. Je mehr verschwunden ist, desto mehr wird man wieder neu machen. Schliesslich ist das Leben so, und da heisst es immer wieder von vorne anfangen, nicht? Auch das Leben und das Glück wird man von neuem wieder anfangen; die Tage, die Nächte wird man wieder neu aufrichten. Auch die andern werden ihre Welt wieder aufbauen. Soll ich dir was sagen? Das geht alles schneller als man's glaubt ... Die Madeleine Vandaërt zum Beispiel, die wird ganz gut einen andern heiraten können. Sie ist Witwe; achtzehn Monate schon ist sie Witwe. Das ist doch schon eine ganze Weile, achtzehn Monate. Ich glaub, nach so langer Zeit trägt man schon die Trauer nicht mehr! Und man überlegt gar nicht, was man spricht: »Es ist eine Dirne!« und man verlangt noch, dass sie sich's Leben nimmt! Aber man vergisst doch schliesslich, was gewesen ist, notgedrungen vergisst man das. Da sind nicht die andern dran schuld; nicht einmal wir selber; es ist einfach das Vergessen, und weiter nichts. Wie ich sie plötzlich gesehn habe und wie sie dabei lachte, da hat's mir die Eingeweide rumgekehrt, grad wie wenn ihr Mann gestern gestorben wär – es ist ja menschlich – aber was willst du machen! Es ist ein schönes Stück Zeit verstrichen, seit der arme Knabe tot ist. Es ist schon lange her; viel zu lange ist es her. Man ist eben nicht mehr derselbe Mensch. Aber nur aufgepasst, man muss davonkommen, man muss da sein! Ich werd schon wieder da sein und werd mich ums Anfangen schon kümmern.

Dabei schaut er mich an, zwinkert mit dem Auge und lebt wieder auf, nachdem er eine Idee gefunden hat, an der er sein Denken wieder aufrichten kann.

– Ich seh's schon kommen, wie nach dem Kriege alle die von Souchez sich wieder ans Arbeiten und ans Leben machen ... Das wird was werden! Ha, der alte Ponce, die Nummer! Der war so peinlich genau, dass er das Gras in seinem Garten mit 'nem Rosshaarbesen kehrte oder auf den Knien lag und den Rasen mit der Schere stutzte. Das soll der Alte wieder haben! Und die Frau Immaginaire, die wohnte in einem der letzten Häuser, beim Schloss von Carleul zu, ein dickes Weib, das sah aus, wie wenn sie hinrollte, wie wenn sie Rädchen gehabt hätte unter ihrem dicken, runden Rock. Alle Jahre legte sie ein Kleines; wie ausgemacht, ganz genau; eine richtige Kindermitrailleuse! Na, und die soll die Beschäftigung wieder tapfer aufnehmen. Dann blieb er stehn, dachte nach, lächelte leise in sich hinein:

– ... Noch was, was mir aufgefallen ist ... 's hat zwar keine grosse Bedeutung, sagte er nachdrücklich, als ob ihm diese Bemerkung plötzlich unangenehm wäre – aber ich hab's doch gemerkt (das sieht man so nebenbei, während man auf was anderes achtet), gemerkt hab' ich, dass es sauberer war bei uns als zu meiner Zeit ...

Dann stiessen wir auf eine kleine Schiene; sie kroch am Boden hin und verlor sich im Heu, das dürr auf dem Platze lag. Poterloo deutet mit seinem Stiefel auf dieses verlassene Schienenstück und lächelt:

– Das war unsre Eisenbahn. Der Schleichwurm nannten wir sie, wahrscheinlich weil sie's nicht eilig hatte. Sie fuhr allerdings nicht schnell; eine Schnecke hätte mit ihr Schritt halten können! Auch den Schleichwurm werden wir wieder aufbauen. Aber er wird nachher wahrscheinlich wieder so langsam davonschleichen. Uebrigens darf er es gar nicht anders!

Als wir oben auf die Anhöhe kamen, wandte er sich noch einmal um und warf einen letzten Blick auf die gemordete Ortschaft, die wir eben aufgesucht hatten. In der Entfernung wurde das Dorf noch lebendiger als vorhin, zwischen die Ueberreste der Bäume hindurchgesehn und zwischen jene gestutzten und zernagten Stummeln, die sich jetzt wie junge Sprösslinge ausmachten. Das schöne Wetter hauchte dem Gewirr von rosigem und weissem Material jetzt erst recht ein scheinbares Leben ein und legte sogar den Schimmer eines Gedankens darüber. Die Steine lagen verklärt in jener Wiedergeburt. Die Schönheit der Strahlen kündete das Kommende an und deutete auf die anbrechende Zukunft. Das Gesicht des Soldaten, der es betrachtete, erstrahlte selbst im Widerschein jener Auferstehung. Der Frühling und die Hoffnung färbten lachend darauf ab, und seine rosigen Backen, seine hellblauen Augen und seine goldgelben Augenbrauen leuchteten, als seien sie frisch gemalt.

*

Jetzt steigen wir in den Laufgraben. Die Sonne scheint kräftig. Der Laufgraben hat eine blonde Farbe, ist trocken und klingt hell unter den Füssen. Ich bewundre seine schöne geometrische Tiefe, seine glatten und mit der Schaufel polierten Wände und habe meine besondere Freude an diesem klaren und trockenen Klang unserer Sohlen auf der harten Erde oder auf den Bodenlatten, die aneinanderliegen und einen Bretterboden bilden.

Ich schaue auf die Uhr. Sie zeigt neun und hat ein zart gefärbtes Zifferblatt, in welchem sich der blaue und rosige Himmel und die fein ausgeschnittenen Sträucher, die am Rand des Grabens eingepflanzt wurden, widerspiegelt.

Und Poterloo und ich, wir schauen uns gegenseitig an und sind seltsam beglückt; wir sehn uns freudig an, als ob's ein Wiedersehn wäre! Er spricht zu mir; ich aber, der ich mich an das Singende seiner nordischen Sprechweise gewöhnt habe, ich entdeckte auf einmal, dass er singt.

Wir haben schlechte Tage gehabt, tragische Nächte, in der Kälte, im Wasser und im Kot. Jetzt, obwohl es noch Winter ist, überzeugt uns der erste schöne Morgen davon, dass es bald wiederum Frühling werden wird. Schon hat sich der Grabenrand mit zartgrünem Gras geschmückt, und in den frühen Wonneschauern dieses Grases erwachen Blumen. Jetzt hat es bald ein Ende mit diesen gestutzten und engen Tagen. Der Frühling spriesst am Himmel und auf Erden. Wir atmen freudigen Herzens in gehobener Stimmung auf.

Ja, die schlechten Tage sind aus. Auch der Krieg wird mal aus sein, zum Teufel! Wahrscheinlich schon in dieser schönen, kommenden Jahreszeit, die uns schon bestrahlt und deren Wonnewehen wir bereits verspüren.

Ein Sausen. Eine verirrte Kugel.

Eine Kugel? Gott bewahre! Es ist eine Amsel!

Komisch, wie beides ähnlich klingt ... Die Amseln, die Vögel, die mit zarter Stimme pfeifen, das Land, die Feste des Jahres, die heimeligen Stuben mit lauter Licht darin ... Oh! Der Krieg will zu Ende gehn und für immer wird man die Seinen wiedersehn: die Frau, die Kinder, oder die, die Frau und Kind zugleich ist; man lächelt ihnen entgegen in diesem jungen Lichte, das uns bereits zusammenführt. ... Bei der Gabelung der beiden Schläuche sieht man am Rand, auf dem Feld etwas wie ein Säulentor. Zwei Pfosten, die aneinanderlehnen und dazwischen von oben, wie eine Schlingpflanze herabhängend, ein Gewirr von elektrischen Drähten. Das Ganze macht sich ganz gut und sieht aus wie eine szenische Dekoration. Eine dünne Kletterpflanze schlingt sich um den einen Pfosten, und wenn man ihr mit den Blicken nachgeht, sieht man, dass sie es schon wagte, vom einen zum andern hinüberzuklettern.

Wir durchlaufen diesen Laufgraben, dessen begraste Seite erzitterte wie die Weichen eines schönen lebendigen Pferdes, und münden dann in unserm Schützengraben an der Strasse von Béthune.

Da ist schon unser Standort. Die Kameraden sind beieinander und essen und geniessen die angenehme Temperatur.

Nach dem Essen werden die Gamellen oder die Aluminiumteller mit einem Stück Brot geputzt ...

– Da, es hat keine Sonne mehr!

Stimmt. Eine Wolke streckte sich und hat sie verdeckt.

– Es schifft sogar noch, Kinder, meint Lamuse.

– Wir haben doch immer dasselbe Schwein, grad zum Abmarsch!

– Verfluchte Gegend! sagt Fouillade.

Tatsache ist, dass das nordische Klima nicht viel taugt: Ewiger Dunst, ewiger Nebel, ewiger Rauch und ewiger Regen. Und scheint die Sonne einmal, so erlischt sie wieder schnell in diesem grossen, feuchten Himmel.

Unsre vier Tage im Schützengraben sind abgelaufen. Gegen Abend werden wir abgelöst. Langsam rüsten wir uns zum Abmarsch. Die Tornister und die Brotbeutel werden gefüllt und in Ordnung gebracht. Das Gewehr wird abgestaubt und eingepackt.

Es ist schon vier Uhr. Bald überfällt uns der Nebel, so dass man einander kaum mehr sieht.

– Hol's der Teufel, jetzt regnet's schon wieder.

Zunächst tropft es ein wenig, dann giesst es. Oje, oje! Man zieht die Kapuzen über die Ohren und spannt die Zelte auf. Man verkriecht sich in die Unterschlüpfe, tappt dabei im Kot herum und beschmiert sich die Knie, die Hände und die Ellenbogen damit, denn der Boden weicht allmählich auf. Man hat im Unterstand kaum Zeit, eine Kerze auf einen Stein zu stellen, sie anzuzünden und schlotternd drum herumzuhocken.

– Vorwärts, antreten!

Wir stemmen uns in den nassen und zugigen Schatten hinaus. Ich erkenne die mächtige Kraftgestalt Poterloos: wir sind immer nebeneinander beim Marschieren. Wie wir dann abmarschieren, ruf ich ihm zu:

– Bist du da, Alter?

– Jawohl, vor dir, schrie er mich an, indem er sich umkehrte.

Im gleichen Augenblick ohrfeigt ihn der Wind und der Regen; er aber lacht. Sein Gesicht strahlt wie heute morgen im gleichen Glücksgefühl. Ein elender Regenguss wird ihm die Freude in seinem tapfern und unerschütterlichen Herzen nicht ersticken können; auch wird ein übelgelaunter Abend die Sonne, die ich vor einigen Stunden in seinen Gedanken aufleuchten sah, nicht auslöschen.

Wir marschieren, stossen aneinander und machen einige Fehltritte ... Der Regen fällt unaufhörlich nieder und das Wasser rieselt im Graben. Die Bretter wackeln auf dem aufgeweichten Boden; einige davon liegen schief nach rechts oder nach links, sodass man auf ihnen ausgleitet. Dabei ist es so dunkel, dass man sie nicht sieht und so tappt man zuweilen bei den Biegungen mit dem Fuss daneben in die Wasserlöcher.

In der grauen Nacht schaue ich unentwegt auf die Schieferglätte von Poterloos Helm, der wie ein Dach unter dem Regen träufelt, und verliere seinen breiten, mit einem schimmernden Wachstuch bedeckten Rücken nicht aus den Augen. Ich trete in seine Spuren und rufe ihm von Zeit zu Zeit etwas zu, worauf er mir stets mit guter Laune und mit der gleichen unerschütterlichen Ruhe antwortet.

Dann hören die Bodenbretter auf und man trottet im dichten Kot weiter. Jetzt ist es stockfinster. Plötzlich bleibt man stehn und ich fahre an Poterloo. Man hört weiter vorn einen halbwütenden Ausruf:

– Was ist los? Na mal vorwärts! Wir verlieren die Fühlung!

– Ich kann meine Flossen nicht abkleben! antwortet eine weinerliche Stimme.

Endlich gelingt es aber dem Steckengebliebenen, seine Füsse aus dem Kot zu befreien und wir müssen die übrige Kompagnie im Laufschritt wieder einholen. Dann geht das Fluchen und Schimpfen gegen die Vorderen los. Man tappt, wohin's grade hintrifft; man macht Fehltritte, hält sich an den Wänden fest und hat die Hände voll Kot. Das Marschieren wird zum fluchenden und klirrenden Laufschritt.

Der Regen setzt stärker ein. Plötzlich muss man zum zweitenmal anhalten. Es ist einer ausgerutscht und liegt am Boden! Darauf erhebt sich ein allgemeines Geschrei.

Der Mann richtet sich wieder auf und es geht von neuem weiter. Ich versuche mit grösster Aufmerksamkeit mit dem Helm Poterloos Fühlung zu behalten. Der Helm leuchtet schwach in der Nacht vor meinen Augen, und ich rufe ihm von Zeit zu Zeit zu:

– Geht's?

– Ja, ja, 's geht schon, antwortet er, schnäuzt die Nase und pustet, aber er sagt es stets mit derselben klaren und singenden Stimme.

Der Tornister wird bei diesem flutartigen Vorwärtsdrängen und unter dem Angriff der Elemente hin und her gerüttelt und drückt und schindet die Schultern. Dann ist der Graben an einer Stelle frisch eingestürzt und der Durchgang versperrt, und man sinkt in diesem kotigen Erdrutsch ein ... Die Füsse müssen aus der weichen und klebrigen Erde bei jedem Schritt herausgerissen und hoch gezogen werden. Nachdem aber diese mühsame Stelle überwunden ist, gleitet man wiederum in die glitschige Wasserrinne. Die Schuhe haben zwei enge Furchen in den Boden eingegraben; die Füsse gleiten hinein wie in eine Schiene; oder dann patschen sie wieder klatschend in die Wasserlachen. An einer Stelle geht's unter eine schwere, klebrige Grabenbrücke durch; dort muss man sich mühevoll sehr tief zur Erde bücken, in den Kot knien, sich auf die Erde drücken und ein paar Schritte auf allen Vieren auf dem Boden vorwärts kriechen. Dann müssen wir uns wieder um einen Pfosten herumdrücken, der sich infolge des Regens und der aufgeweichten Erde seitwärts geneigt hat und den Durchgang versperrt.

Wir erreichen eine Kreuzungsstelle.

– Vorwärts, Kinder, vorwärts! sagt der Adjutant, der sich in eine Nische gedrückt hat, um uns vorbeizulassen und mit uns zu sprechen. Die Stelle ist gefährlich.

– Ich kann nicht mehr, brüllt eine so heisere und atemlose Stimme, dass ich sie gar nicht erkenne.

– Ach was! Ich hör auf, ich bleib hier hocken, seufzt ein andrer in atemloser Erschöpfung.

– Ja, ich kann euch nicht helfen, antwortet der Adjutant, ich kann nichts dafür, oder? Nur vorwärts, drückt euch, die Stelle ist gefährlich. Bei der letzten Ablösung ist sie angepfeffert worden! Dann geht's wieder weiter im Wasser- und Windsturm. Es ist als sinke man immer tiefer in ein Loch. Man rutscht aus, fällt hin und fährt gegen die Grabenwand; dann wippt man sich mit einem wuchtigen Ellenbogenruck wieder aufrecht. Und unser Marsch gleicht einem langen Absturz, bei dem man sich anklammert, wo und wie man kann. Es handelt sich darum, vor sich hinzustolpern, ohne das Gleichgewicht zu verlieren.

Wo sind wir jetzt? Ich strecke, trotz der Regenwellen, den Kopf aus dem Schlund, in welchem wir uns strauchelnd wehren. Vom kaum erkennbaren Hintergrund des bedeckten Himmels hebt sich der Grabenrand nur schwach ab und plötzlich erscheint vor meinen Augen etwas wie ein schauriges Eingangstor über dem Graben; es besteht aus zwei gegeneinandergelehnten, schwarzen Pfosten; in der Mitte aber hängt etwas, das einem ausgerissenen Haarbüschel gleicht. Es ist das Säulentor.

– Vorwärts! Vorwärts!

Ich senke den Kopf und sehe nichts mehr; aber ich höre wieder, wie die Sohlen in den Kot sinken und sich ablösen. Ich höre das Klirren der Seitengewehre, die dumpfen Ausrufe und das überstürzte Keuchen der Lungen.

Noch einmal wird man heftig zurückgedrängt; plötzlich wird gestoppt und wiederum fahre ich an Poterloo und stütze mich an seinem Rücken, an seinem starken, festen Rücken; er ist fest wie ein Baumstamm, stark wie die Gesundheit oder die Hoffnung. Er aber schreit mir zu: – Mut, Alter, wir sind gleich da!

Man bleibt stehn, und dann muss man zurück ... Verdammt ... Nein, jetzt geht's wieder vorwärts! ...

Plötzlich kracht über uns eine fürchterliche Explosion. Ich zittere bis an die Kopfhaut; ein metallischer Widerhall dröhnt mir den Kopf voll, und ein brennender Schwefelgeruch dringt mir zum Ersticken in die Nasenlöcher ein. Die Erde hat sich vor mir aufgetan. Ich fühle, wie's mich in die Höhe und auf die Seite haut, erstickend, vom Blitz und vom Donner geblendet. Ich erinnere mich, dass ich eine Sekunde lang instinktiv wie zerschlagen und starren Blickes nach meinem Waffenbruder suchte. In diesem Augenblick aber hab ich gesehn, wie sein Körper in die Höhe fuhr, aufrecht, schwarz, die beiden Arme ausgestreckt, soweit sie konnten, und eine Flamme loderte an der Stelle des Kopfes!

Der Gang durch die Stadt.

Wir gehen über den Boulevard de la République und die Avenue Gambetta und bleiben am Place du Commerce stehen. Die Nägel unserer gewichsten Schuhe klingen auf dem Pflaster der Stadt. Es ist schönes Wetter. Der sonnenbeschienene Himmel spiegelt sich und glänzt wie ein Treibhausdach, und die Schaufenster auf dem Platze blitzen im Sonnenlicht. Unsere Mäntel sind gut ausgebürstet und die Vorderzipfel hängen abgeknöpft nach unten; da sie aber gewöhnlich aufgeschlagen sind, bilden sie jetzt zwei wehende Vierecke, die ein tieferes Blau zeigen.

Wir bummeln und bleiben einen Augenblick nachdenklich vor dem Café de la Sous-Préfecture stehn; das Lokal heisst auch Grand-Café.

– Wir haben schon 's Recht reinzugehn! sagt Volpatte.

– Es hat zu viel Offiziere drin, meint Blaire; er hat sein Gesicht über den Spitzenvorhang, der hinter den Fenstern hängt, gehoben und einen Blick zwischen die Goldbuchstaben ins Fenster gewagt.

– Und ausserdem, sagt Paradis, haben wir noch lang nicht alles gesehn.

Darauf gehn wir weiter, wir einfachen Soldaten, und betrachten der Reihe nach die reich ausgestatteten Läden, die auf dem Platz im Kreis stehn: Modegeschäfte, Papierhandlungen, Apotheken; wie eine besternte Generaluniform glitzert das Schaufenster eines Schmuckwarenhändlers. Unsere Gesichter schmückt ein Lächeln. Bis zum Abend sind wir erlöst von jeglicher Arbeit, wir sind frei, Herr unserer eigenen Zeit. Die Füsse haben ein sanftes und ausruhendes Auftreten; die leeren Hände baumeln; auch sie spazieren, hin und her.

– Weiss Gott, bemerkt Paradis, die Ferien geniesst man gründlich.

Die Stadt, die sich vor unsern Schritten auftut, macht auf uns einen sehr bedeutsamen Eindruck. Man nimmt wieder Fühlung mit dem Leben, mit dem bürgerlichen Leben der Menge, dem Leben hinter der Front, dem normalen Leben. Wie oft hatten wir daran gezweifelt und glaubten nicht mehr, dass wir von dort jemals wieder hierher kommen würden!

Man begegnet Herren, Damen, mit Kindern behangenen Ehepaaren, englischen Offizieren, Fliegern, die man von weitem an ihrer geschmeidigen Eleganz und ihren Auszeichnungen erkennt; man sieht Soldaten, die ihre abgenützten Kleider und ihre polierte Haut spazieren führen mit ihrem Erkennungsplättchen auf dem Mantel, das als ihr einziger Schmuck an der Sonne glitzert; sie wagen sich schüchtern in die schöne Stadt, in die von bösen Träumen reine Stadt.

Wir machen laute Bemerkungen, wie solche, die von sehr weit hergereist sind.

– Da hat's 'ne Masse Leute! sagt Tirette verblüfft.

– Eine reiche Stadt! sagt Blaire.

Eine Arbeiterin geht an uns vorüber und schaut uns an.

Volpatte stupft mich mit dem Ellenbogen, verschlingt sie mit den Blicken, streckt seinen Hals und deutet auf zwei andere Frauen, die auf uns zu kommen; dann stellt er leuchtenden Auges fest, dass die Stadt mit Weiblichkeiten reichlich versehn ist:

– Schinken ist vorhanden, was!

Eben hat sich Paradis an ein paar vornehm liegende Kuchen herangewagt, musste aber erst eine gewisse Scheu überwinden, bevor er sie berührte und davon ass; alle Augenblicke muss man mitten auf dem Trottoir stehn bleiben und auf Blaire warten; er lässt sich durch die Schaufenster anziehn und aufhalten, betrachtet die Phantasie-Litewken und die Käppis, die Halsbinden aus zartblauem Zwillich und die roten Schnürstiefel, die wie Mahagoni glänzen. Blaire hat den Höhepunkt seiner Verwandlung erreicht. Er, der in der Nachlässigkeit und der Schwärze der erste war, ist sicher der geschniegeltste von uns allen, namentlich nachdem sein Gebiss, das während einer Attacke abgebrochen war, wieder in Ordnung gebracht worden ist. Er befleissigt sich jetzt eines flotten Ganges.

– Er sieht jung und jugendlich aus, sagt Marthereau.

Plötzlich stehn wir gerade vor einer zahnlosen Kreatur, die bis in ihre Kehle hinein lacht ... Spärliche, schwarze Haare sträuben sich um ihren Hut. Die breiten und undankbaren Züge des Gesichtes, das mit Blatternnarben besät ist, erinnert an gewisse Köpfe, die auf grobkörnige Leinwand gemalt an Jahrmarktbuden hängen.

– Schön ist sie, sagt Volpatte.

Marthereau aber, dem sie zugelacht hat, ist stumm vor Ergriffenheit.

So plaudern die Soldaten, die sich plötzlich in den Zauber einer Stadt versetzt fühlen. Sie geniessen mit immer wachsender Freude jene schöne adrette und ungewöhnlich saubere Umgebung. Sie fühlen sich in das ruhige und friedliche Leben wieder ein und denken wieder an die Behaglichkeit und sogar an das Glück, für welches die Häuser letzten Grundes ja erbaut worden sind.

– Man könnte sich eigentlich schon wieder dran gewöhnen, meinst du nicht?

Unterdessen drängt sich das Publikum vor ein Schaufenster, hinter welchem ein Kleiderhändler aus Holz und Wachspuppen ein lächerliches Bild zusammengestellt hat:

Auf einem Boden, der wie ein Aquarium mit kleinen Kieseln besät ist, kniet ein Deutscher in einem nagelneuen Anzug mit Bügelfalten und sogar mit einem angesteckten, eisernen Kreuz aus Pappe; er streckt seine zwei rosigen Holzhände einem französischen Offizier entgegen, dessen frisierte Perücke einem Kinderkäppi als Kissen dient; seine fleischfarbigen Backen sind aufgeblasen und sein unzerbrechliches Bébé-Auge guckt anderswohin. Neben diesen zwei Personen liegt ein Gewehr, das der Waffensammlung irgend eines Spielwarenladens entnommen ist. Auf einer Tafel steht als Ueberschrift dieser belebten Zusammenstellung: »Kamerad!«

– Du! Herrgott nochmal! ...

Diese kindische Aufmachung ist das einzige, was hier an den gewaltigen Krieg, der irgendwo unter dem Himmel tobt, erinnert; wir aber zucken die Achseln und lachen schliesslich bittersüss, beleidigt und tief gekränkt in unsern frischen Erinnerungen; Tirette sammelt seine Gedanken und schickt sich an, ein paar beleidigende Spottwitze auszuspritzen; aber er findet in seinem Gehirn die Worte nicht, denn wir erfahren eine zu gründliche Ortsveränderung und das Gefühl, anderswo zu sein, hat uns verblüfft.

Da rauscht eine sehr elegante Dame in violett- und schwarzleuchtender Seide heran; eine Duftwolke umweht sie, sie streckt den Handschuh ihrer kleinen Hand aus und betupft Volpattes Aermel und Blaires Schulter. Beide bleiben augenblicklich unbeweglich stehn, versteinert durch die direkte Berührung jener Fee:

– Sagen Sie mal, meine Herrn, Sie sind doch echte Soldaten, das haben Sie wohl im Schützengraben gesehn?

– He ... ja ... ja ... antworten, furchtbar eingeschüchtert und bis ins Innerste geschmeichelt, die beiden armen Männer. – Äha, siehst du! Die waren dabei! geht's unter dem Publikum murmelnd herum.

Dann, nachdem wir wieder allein unter uns auf den tadellosen Steinplatten des Trottoirs stehn, schauen sich Volpatte und Blaire gegenseitig an und nicken mit dem Kopf.

– Eigentlich, meint Volpatte, ist es schon ungefähr so, nicht?

– Hei, freilich!

Dies aber waren an diesem Tage die ersten Worte der Verleugnung.

*

Wir gehn in das Café de l'Industrie et des Fleurs. Ein Spartoteppich läuft in der Mitte auf dem Parkett. An den Wänden, an den viereckigen Pfeilern, die die Decke stützen, und auf der Vorderseite des Schanktisches sind violette Winden, grosse johannisbeerfarbne Mohnblumen und rotkrautähnliche Rosen gemalt.

– Das muss man sagen, Geschmack hat's in Frankreich, meint Tirette.

– Da hat's einen Sack voll Geduld gebraucht, bis das fertig war, bemerkt Blaire, der diese bunten Verzierungen bewundert.

– In so 'nem Lokal, fügt Volpatte hinzu, da hat's noch andre Genüsse als das Trinken!

Paradis erklärt uns, dass er viel in den Cafés verkehrt hat. Früher hat er oft am Sonntag ebenso schöne und noch viel schönere Cafés aufgesucht. Nur ist es schon lange her und er hat, sagt er, ihren Duft aus der Nase verloren. Er deutet auf ein kleines Emaillewasserbecken, das an der Wand hängt und mit Blumen geschmückt ist.

– Da kann man sich sogar die Hände waschen.

Wir treten sittsam an das Becken. Volpatte nickt dem Paradis zu, er solle den Hahn aufdrehn.

– Lass mal die Spucke laufen.

Dann gehn wir alle fünf in den Saal, in dem ringsherum bereits Gäste sitzen, und lassen uns an einem Tische nieder.

– Fünf Wermut mit Kassis, nicht?

– Man wird sich schon wieder dran gewöhnen, nachher, wiederholen wir.

Bürger stehn auf und rücken in unsre Nähe. Man hört halblaute Bemerkungen:

– Sie haben alle das Kriegskreuz, siehst du, Adolphe ...

– Das sind echte Poilus!

Die Kameraden haben's gehört; sie sprechen wohl miteinander, aber ihre Gedanken sind abwesend, ihr Ohr lauscht anderswohin, und sie brüsten sich unbewusst.

Dann beugt sich das Ehepaar, das diese Aeusserungen gemacht hatte, zu uns herüber; sie haben die Ellenbogen auf den weissen Marmor gestützt und fragt uns aus:

– Na, wie ist es im Schützengraben? Schon hart, was?

– Ha ja ... Ja! 's ist einem schon nicht immer ums Lachen. – Aber die körperliche und moralische Ausdauer, die ihr habt! Und schliesslich gewöhnt ihr euch an das Leben, oder?

– Freilich, ja, man gewöhnt sich dran, man gewöhnt sich ganz gut daran ...

– Und doch ist es ein schreckliches Dasein, und was man da alles aushalten muss, murmelt die Dame; dabei blättert sie in einer illustrierten Zeitung, in der man einige furchtbare Ansichten von überranntem Gelände sieht. Man sollte das nicht veröffentlichen,

Adolphe! ... Der Schmutz, das Ungeziefer, die harten Arbeiten ... So tapfer ihr auch seid, unglücklich seid ihr wohl doch? ...

Volpatte, zu dem sie spricht, errötet. Er schämt sich des Elendes, aus dem er kommt und das seiner noch harrt. Er senkt den Kopf und lügt, ohne sich seiner vollen Lüge vielleicht bewusst zu sein.

– Nein, eigentlich, unglücklich ist man nicht ... so schlimm ist es nicht, bewahre.

Die Dame ist auch seiner Ansicht.

– Ich weiss ja schon, sagt sie, es hat dafür das andere! So ein Ansturm muss doch was Grossartiges sein, was? Alle diese Männer, die wie zum Fest drauflos stürmen! Und die Trompete, die im Felde zum Angriff bläst. Und die kleinen Soldaten, die man nicht mehr zurückhalten kann und die »Vive la France!« schreien, oder die lachend sterben! ... Ach, wir sind nicht zu dieser Ehre geboren wie ihr. – Mein Mann ist an der Präfektur angestellt, und jetzt gerade hat er Urlaub wegen seiner Rheumatismen. – Ich wäre gern Soldat gewesen, sagt der Herr, aber ich hab kein Glück: mein Bureauchef kann's ohne mich nicht machen.

Die Gäste kommen und gehn, rempeln einander an, machen einander Platz. Die Kellner winden sich mit ihrer zerbrechlichen, grünen, roten, knallgelben und weissgeränderten Ladung durch die Tischreihen. Die Schritte auf dem mit Sand bestreuten Boden knirschen und mischen sich unter die lauten Worte der Stammgäste, die sich hier einfinden und teils herumstehen, teils mit aufgepflanztem Ellenbogen an den Tischen sitzen; dazu kommt das rutschende Geräusch der Gläser und der Dominosteine auf den Marmorplatten. Im Hintergrund knallen die Elfenbeinkugeln aneinander und locken Zuschauer an, die im Kreis herumstehn und die klassischen Witze machen.

– Jedem sein Handwerk, sagt zu Tirette vom andern Tischende her ein Mann, dessen Gesicht kräftig gefärbt ist. Ihr seid Helden. Wir, wir arbeiten für das wirtschaftliche Gedeihen des Landes. Auch wir müssen kämpfen wie ihr. Ich bin dem Lande nützlich, nicht mehr als ihr, das will ich nicht sagen, aber auch nicht weniger.

Da sehe ich, wie Tirette, der Spassvogel der Korporalschaft, die Augen hinter den Rauchwolken der Zigarren rundet und ich höre aus dem Lärm der Gäste mit Mühe seine Antwort heraus, die er mit demütiger und gelangweilter Stimme hervorbringt:

– Ja, schon wahr ... jedem sein Handwerk. Darauf haben wir uns hinausgedrückt. Nachdem wir das Café des Fleurs verlassen hatten, sagten wir fast nichts zu einander. Uns ist es, als hätten wir die Sprache verloren. Ein gewisser Missmut verstimmt meine Kameraden und legt ihnen einen hässlichen Zug über ihre Gesichter. Es ist, als hätten sie das Gefühl, in einem wichtigen Augenblick ihre Pflicht nicht erfüllt zu haben.

– Was die uns nicht alles weis gemacht haben in ihrem Kauderwelsch, die Rotzkerle! knurrt endlich Tirette mit einem Groll, der sich Luft macht und anschwillt, je deutlicher wir wieder unsere Zusammengehörigkeit fühlen.

– Besaufen hätten wir uns heute sollen, wie Viecher! ... antwortet Paradis.

Dann gehn wir weiter, ohne ein Wort zu sagen; nach einer Weile fängt Tirette wieder an:

– Kamele sind's, dreckige Kamele. Die Nase haben sie uns voll spucken wollen, aber bei mir hat's nicht gezogen! Wenn ich sie wieder antreffe, meint er in wachsendem Zorn, werd ich's ihnen schon sagen!

– Wirst sie nicht mehr antreffen, antwortet Blaire.

– In acht Tagen sind wir vielleicht verreckt, meint Volpatte.

Wie wir wieder auf den Platz kommen, stossen wir auf ein Gedränge, das aus dem Rathaus flutet und aus einem andern öffentlichen Gebäude mit einem griechischen Giebel und mit Tempelsäulen. Es ist Bureauschluss: Zivilisten aller Gattungen und jeden Alters, Militärs, alte und junge, deren Uniformen von weitem ungefähr wie die unseren aussehen. In der Nähe aber errät man die Geborgenen und die Kriegsdeserteure hinter ihrer Soldatenmaske und ihrem Aermelabzeichen.

Frauen und Kinder erwarten sie wie anmutige Glückshäufchen. Die Geschäftsleute schliessen liebevoll ihre Läden, lächeln dem vollbrachten Tage und dem kommenden Morgen zu im erwartungsheissen und ungestörten Wonnegefühl angehäufter Verdienste und sie begeistern sich am wachsenden Geldgerassel ihrer Kasse. Sie sind im Herzen ihres heimeligen Herdes sitzen geblieben und brauchen sich nur zu bücken, wenn sie ihre Kinder küssen wollen.

Die ersten Strassensterne flackern auf, und an ihrem Lichte sieht man sie glänzen, all diese reichen Leute, die sich täglich bereichern, all die ruhigen Leute, die sich täglich beruhigen und die trotz allem, man fühlt es, voll einer heimlichen Bitte sind. Alle gehn sie heim, denn es ist Abend, und lassen sich nieder in ihren Häusern mit allem Zubehör und in den Cafés, in denen man bedient wird. Junge Frauen und junge Männer, Zivilisten oder Soldaten mit irgend einem gestickten Schutzzeichen auf dem Aermel oder dem Kragen finden sich in Paaren zusammen und verschwinden eilig, während die übrige Welt sich in Dunkelheit hüllt, dem Lichte ihres Zimmers entgegen, der Nacht entgegen, die ihnen Ruhe und Liebe schenkt.

Als wir am halbgeöffneten Fenster eines Erdgeschosses vorbeigingen, sahen wir, wie der Abendwind einen Spitzenvorhang rundete und ihm die leichte und süsse Form eines Hemdes verlieh ...

Die Menge, die sich vordrängt, stösst uns arme Fremdlinge zurück.

Wir irren auf dem Strassenpflaster umher, in der Dämmerung, die bereits sich zu vergolden beginnt; in den Städten behängt sich die Nacht mit Schmuckwerk. Das Schauspiel dieser Welt hat uns endlich, ohne dass wir uns ihrer erwehren können, die grosse Wirklichkeit offenbart: ein Unterschied trennt die Menschen, ein viel tieferer Unterschied mit unüberbrückbaren Gräben als die, welche die Rassen voneinander trennen: die klare, scharfe und wirklich unüberwindbare Spaltung im Volke eines Landes, zwischen denjenigen, die den Gewinn haben und den andern, die sich abarbeiten ... diejenigen, von denen man verlangt, alles hinzugeben, alles, und diese, die bis zum Schluss ihre Zahl, ihre Kraft und ihr Martyrium bieten, und über welche die andern hinwegtreten, vorwärtskommen, lächeln und ihr Ziel erreichen.

Einige Trauerkleider werfen schwarze Flecken in die Menge und stimmen mit uns überein; das übrige trägt Festgepräge, aber keine Trauer.

– Nein, sagt plötzlich Volpatte mit einer seltsamen Klarheit. Es hat nicht nur ein Land, es ist nicht wahr; es hat zwei; ich sage euch, wir sind getrennt in zwei fremde Länder; dort vorn, weit vorn das eine, wo es zu viel Unglück hat und hier, das hintere Land, wo es zu viel Glückliche gibt.

– Ja nun, was willst du machen! Die sind auch zu etwas da ... solche muss es auch geben ... der Grundstock ... und übrigens ...

– Weiss schon, aber trotzdem, trotzdem, es hat zu viel, und dann, sie sind zu glücklich, und immer sind's die gleichen, und dazu hat's doch gar keinen Grund.

– Was willst du machen? sagt Tirette.

– Meinetwegen! fügt Blaire noch einfacher hinzu.

– In acht Tagen sind wir vielleicht verreckt! begnügt sich Volpatte zu wiederholen, während wir gesenkten Hauptes weitergehn.

Das Morgengrauen.

An der Stelle, an der wir niedergesunken waren, erwarten wir den Tagesanbruch. Er kommt ganz allmählich, eisig und düster, und fliesst finster über die fahle Ebene.

Es regnet nicht mehr. Der Himmel hat allen Regen hergegeben. Die bleifarbne Ebene taucht mit ihren blinden Wasserspiegeln nicht nur aus der Nacht, sondern scheinbar aus einem Meer hervor.

Halb eingenickt, halb schlafend, öffnen wir dann und wann die Augen, um sie wieder zu schliessen; wir sind gelähmt, entkräftet und erstarrt. So erleben wir die unglaubliche Wiedergeburt des Lichtes.

Wo sind die Schützengräben?

Man sieht Seen und zwischen den Seen milchige Streifen stehenden Wassers.

Es hat noch mehr Wasser, als man glaubte. Das Wasser hat alles aufgesogen; es hat alles überschwemmt und die nächtliche Prophezeiung der Leute ist in Erfüllung gegangen: es hat keine Schützengräben mehr; sie sind in jenen Kanälen untergegangen, die man dort sieht. Das Schlachtfeld schläft nicht, es ist tot. In der Ferne dauert das Leben vielleicht fort, aber so weit sieht man von hier aus nicht. Ich richte mich mühsam halb auf, um mir die Gegend anzusehn, und schwanke wie ein Kranker. Mein Mantel erdrückt mich mit seiner ungeheuren Last. Neben mir liegen drei unförmige Gestalten. Die eine ist Paradis; ein ungewöhnlicher Kotpanzer bedeckt ihn und sein Gurt ist an der Stelle, wo die Patronentaschen hängen, aufgebläht. Er richtet sich ebenfalls auf. Die andern schlafen regungslos.

Welch eine Stille! Eine gewaltige Stille. Nicht ein Geräusch; nur dann und wann hört man inmitten der geisterhaft gelähmten Welt eine Erdscholle ins Wasser fallen. Niemand schiesst ... Kein Geschoss, es würde ja doch nicht platzen. Keine Kugel, denn die Menschen ...

Die Menschen, wo sind die Menschen?

Allmählich sieht man sie. Nicht weit von uns liegen welche auf der Erde und schlafen. Der Kot bedeckt sie von oben bis unten; es sind beinahe nur noch Gegenstände.

Etwas weiter sehe ich andre Soldaten; sie sind in sich zusammengesunken und kleben wie Schnecken an dem runden Hügel, den das Wasser halb aufgesogen hat. Es ist eine unbewegliche Reihe roher Klumpen, die wie Haufen nebeneinander liegen, von Kot und Wasser triefend und sie haben die gleiche Farbe wie die Erde, zu der sie gehören.

Ich raffe mich auf und unterbreche das Schweigen und sage zu Paradis, der nach derselben Richtung blickt:

– Sind sie tot? – Gleich wollen wir sehn, antwortet er leise. Aber bleiben wir noch ein bisschen hier. Nachher werden wir den Mut finden hinzugehn.

Wir schauen uns beide an und wenden unsre Blicke auf die, die sich bis hierher geschleppt haben und hier niedergefallen sind. Die Gesichter sind so müde, dass es keine Gesichter mehr sind; nur etwas Schmutziges, Verwischtes und Zerschundenes, mit blutigen Augen oben im Kopf. Wir haben seit Anfang schon nach allem Möglichen ausgesehn und dennoch erkennen wir uns jetzt nicht mehr.

Paradis dreht den Kopf und schaut anderswohin.

Plötzlich seh ich, wie ihn ein Zittern packt. Er streckt die Kotkruste seines ungeheuren Armes aus:

– Dort ..., dort ..., ruft er aus.

Auf dem Wasser, das in einem besonders zerhackten und ausgehöhlten Gelände aus dem Schützengraben fliesst, schwämmen runde Massen wie Felsriffe.

Wir schleppen uns dorthin. Es sind Ertrunkene.

Ihre Köpfe und ihre Arme stecken im Wasser. Man sieht ihre Rücken mit dem Lederzeug durch die Oberfläche der kalkigen Flüssigkeit durchschimmern, und ihre Waffenröcke aus blauem Tuch sind aufgeblasen; die Füsse sitzen schief an den aufgeblähten Beinen wie an den schwarzen, unförmigen Beinen von Lederpuppen. Auf einem eingesunkenen Schädel stehn die Haare senkrecht im

Wasser wie Seegräser. Hier schwimmt ein Gesicht obenauf: der Kopf hängt am Ufer fest und der Leib verschwindet im trüben Grab. Das Gesicht ist gegen den Himmel gekehrt. Die Augen sind nur noch zwei weisse Löcher, der Mund ein schwarzes Loch. Die gelbe, aufgeblasne Haut dieser Maske ist weich und gefältelt wie kalter Teig.

Es sind die im Schlamm erstickten Wachtposten. Die steile Böschung der Grube war schlüpfrig, das Wasser stieg, und die Anstrengung herauszukommen, zog die Leute nur noch tiefer hinein, – langsam und rettungslos. Sie starben angeklammert am Ufer der Erde, die ihnen entwischte.

Dort liegen unsre ersten Linien und auch die deutsche vorderste Linie, über beide die gleiche Stille, beide unter Wasser.

Wir gehen bis zu jenen aufgeweichten Trümmern über das Gelände, das gestern noch eine Gegend des Schreckens war, über den furchtbaren Zwischenraum, an dessen Schwelle der kolossale Ansturm unserer letzten Attacke stehen blieb, über das Gelände, über welches seit anderthalb Jahren die Kugeln und die Geschosse ohne Unterlass den Raum durchfurcht hatten und wo sich in diesen Tagen ihr wagrechter Patzregen über die Erde hin wütend kreuzte, von einem Horizont zum andern.

Jetzt ist es ein übernatürliches Feld der Ruhe. Ueberall liegen fleckenartig schlafende Wesen; andere bewegen sich leise, heben einen Arm oder den Kopf und denken wieder ans Leben oder liegen gerade im Sterben.

Der feindliche Graben stürzt, kotüberladen, vollends im Schosse wogender Hügel und sumpfiger Trichter in sich zusammen; dort zieht sich der Graben durch Lachen und Wassergruben. Stellenweise bewegt sich sein Ufer, bröckelt ab und wirft die noch überhängenden Ränder ab. An einer Stelle kann man sich darüberbeugen.

In diesem unglaublichen Kotgelände sieht man keine Leiche. Aber dort ragt, schrecklicher als ein Leichnam anzusehen, starr und einsam, nackt und bleich wie ein Stein, ein Arm aus dem Loch einer verworrenen, feuchten Wand. Der Mann wurde in seinem Unterstand verschüttet und konnte nur noch seinen Arm ausstrecken.

Ganz in der Nähe erkennt man gewisse Erdschichten, die auf den Trümmern der Böschung dieses erstickten Schlundes nebeneinander liegen; es sind menschliche Wesen. Sind sie tot? Schlafen sie? Man weiss es nicht. Jedenfalls ruhen sie.

Sind es Deutsche oder Franzosen? Man weiss es nicht.

Einer von ihnen hat die Augen aufgeschlagen und schaut uns kopfschüttelnd an. Man fragt ihn:

– Franzose?

Dann:

– Deutsch?

Er antwortet nichts; er schliesst die Augen und verfällt wieder in seinen Todesschlaf. Wir haben nie gewusst, wer es war.

Man kann die Identität dieser Wesen unmöglich feststellen, weder an den Kleidern, die eine dichte Kotschicht bedeckt noch an der Kopfbedeckung, denn die Leute sind barhäuptig oder in Wollzeug eingewickelt und stecken in nassen und stinkigen Kutten; auch an den Waffen erkennt man sie nicht; das Gewehr haben sie verloren, oder ihre Hand gleitet über ein Etwas, das sie hergeschleppt haben, eine unförmige, klebrige Masse, die einem Fisch ähnlich ist.

Alle diese Männer mit Leichengesichtern vor uns und hinter uns, die am Ende ihrer Kräfte sind, ohne Stimme und ohne Willen, alle diese erdbeladenen Männer, die sozusagen ihre eigene Bestattung besorgen, sehn sich gleich, als wären sie nackt. Aus dieser furchtbaren Nacht tauchen hin und wieder einige Uebriggebliebene auf; sie tragen die gleiche Uniform des Elendes und des Schmutzes.

Alles hat jetzt ein Ende. Es ist die Stunde der ungeheuren Rast, die epische Pause des Krieges.

Einst glaubte ich, das Höllischste im Kriege seien die Flammen der Geschosse; dann habe ich lange gemeint, es sei das Ersticken in den Erdlöchern, die sich für ewig über uns schliessen. Auch das ist es nicht, sondern die Hölle ist das Wasser.

*

Der Wind setzt ein. Er ist eisigkalt und sein Eishauch dringt uns durch die Haut. Auf dieser wässerigen und schiffbrüchigen Ebene, wo die Leichen zwischen wurmartigen Wasserschlünden liegen, zwischen den starren Menscheninseln, die wie Reptilien aneinanderkleben, in diesem Chaos, das sich senkt und untergeht, sieht man leichte, wellende Bewegungen: Gruppen bewegen sich leise in abgebrochenen Karawanen von Menschen, gebückt unter der Last ihrer Helme und des schweren Kotes; sie schleppen sich, zerstreuen sich und kriechen im Widerschein des verdunkelten Himmels. Das Morgenlicht ist so schmutzig, dass es aussieht, als sei der Tag schon zu Ende.

Die Ueberlebenden wandern durch die trostlose Steppe; es jagt sie ein unsagbares Unglück, das sie elendiglich erschöpft und sie bestürzt; einige darunter haben bei genauerem Hinsehen etwas theaterhaft Groteskes an sich; das ewige Einsinken, vor dem sie sich retten, hat sie halb entkleidet.

Im Vorübergehn blicken sie um sich, betrachten uns und erkennen Menschen in uns; dann sprechen sie in den Wind hinein:

– Dort ist es noch schrecklicher als hier. Die Leute sinken in die Löcher und man kann sie nicht mehr herausziehn. Alle diejenigen, die nachts auf den Rand eines Geschosstrichters getreten sind, sind umgekommen ... Dort, wo wir herkommen, siehst du einen eingesunkenen Kopf, der die Arme bewegt; dort hat's einen Weg und Flechtwerk drüber, das ist eingestürzt und 's hat ein Loch gegeben, wie eine Menschenfalle. Dort, wo's kein Flechtwerk mehr hat, steht das Wasser zwei Meter hoch ... Und 's Gewehr haben manche nicht mehr rausziehn können. Schau dir die an: man hat ihnen die untere Hälfte des Mantels abgeschnitten, jetzt hat der Mantel keine Taschen mehr, aber es schadet nichts; man musste ihn rausziehn; zudem konnte er das Gewicht nicht mehr tragen ... Dem Dumas haben sie den Mantel abgenommen, der war bestimmt vierzig Kilo schwer: zwei hatten dran mit beiden Händen zu tragen ... Da, der da mit den nackten Beinen, der Dreck hat ihm alles abgerissen, seine Hose, die Unterhose, die Schuhe, alles das von der Erde abgerissen. Nie hat man so was erlebt.

Und diese zerstreuten Nachzügler haben wiederum ihre eignen Nachzügler; sie fliehen in der allgemeinen Schrecknis, wobei ihre Füsse schwere Kotwurzeln aus dem Boden reissen. Man sieht hergewehte Menschen wieder verwehn und die Blöcke ihrer ungeheuren Kleider, die sie einmauern, werden immer kleiner.

Wir gehn mit kurzen Schritten weiter, quer übers Land; eine seltsame Masse zieht unsre Aufmerksamkeit auf sich; zwei merkwürdig ineinander verschlungene Menschen stehn dort, Schulter an Schulter, die Arme gegenseitig um den Hals gelegt. Ist es der Nahkampf zweier Ringer, die einander in den Tod gezerrt haben und sich, auf ewig aneinander gekettet, festhalten? Nein, es sind zwei Soldaten, die zum Schlafen aneinander lehnen. Sie konnten sich nicht auf die tückische Erde legen, da sie darin ertrunken wären; so beugten sie sich einer zum andern und sind, bis zu den Knien in der Ebene steckend, eingeschlafen.

Dann bleiben auch wir stehn. Wir haben unsere Kräfte zu hoch eingeschätzt. Wir können noch nicht fort. Es ist noch nicht aus. Von neuem stürzen wir in ein Kotloch mit dem Geräusch eines hingeworfenen Mistklumpens.

Man schliesst die Augen. Von Zeit zu Zeit öffnet man sie. Stolpernd kommen Leute auf uns zu. Sie neigen sich über uns und sprechen leise mit matter Stimme. Der eine von ihnen sagt auf deutsch:

– Sie sind tot. Wir bleiben hier.

– Der andere antwortet seufzend: Ja.

Aber sie sehn, dass wir uns bewegen. Dann sinken sie plötzlich vor uns nieder. Mit leiser, tonloser Stimme sagt der eine zu uns:

– Nous levons les bras, sagt er.

Dann rühren sie sich nicht mehr.

Sie lassen sich vollends niederfallen, getröstet, als ob ihr Leiden ein Ende hätte; der eine, dem der Kot wie einem Wilden das Gesicht bemalt, lächelt leise.

– Bleib da, sagt ihm Paradis, ohne seinen Kopf, der nach hinten auf einem Erdrücken liegt, zu drehen. Nachher kommst du mit uns, wenn du willst.

– Ja, sagt der Deutsche. Ich hab's satt.

Man gibt ihm keine Antwort.

Dann fragt er:

– Die andern auch?

– Ja, sagt Paradis, sie sollen auch hier bleiben, wenn sie wollen.

Darauf haben sich vier Leute auf die Erde gelegt. Der eine von ihnen fängt an zu röcheln. Es ist wie ein schluchzender Gesang, der aus seinem Munde kommt. Dann richten sich die andern halb auf, knien vor ihm nieder und rollen grosse Augen in ihren kotbespritzten Gesichtern. Wir stehn auf und betrachten die Gruppe. Aber das Röcheln erlischt, und die schwarze Kehle, die sich an jenem grossen Körper wie ein kleiner Vogel bewegte, erstarrt.

– Er ist tot, sagt einer von ihnen.

Er fängt an zu weinen. Die andern legen sich wieder schlafen. Auch der Weinende schläft schluchzend ein.

Ein paar Soldaten sind hergetorkelt, bleiben plötzlich hängen wie Betrunkene, oder kriechen wie Würmer und flüchten hierher, in das Loch, wo wir schon eingesunken liegen, und alles schläft durcheinander liegend im Massengrabe ein.

*

Paradis und ich wachen auf und schauen einander an; alles kommt uns wieder zum Bewusstsein. Wir sinken wieder ins Leben und in den Tag zurück, wie in einen bösen Traum. Vor unsern Augen taucht die zerstörte Ebene wieder auf; verschwommene Erdhügel ragen aus der Stahlebene und werden sichtbar; stellenweise ist die Ebene verrostet und Wasserlinien und feuchte Flächen glänzen – und in dieser Unendlichkeit liegen hie und da gleich verwehten Schuttabfällen die zerstörten Leiber, atmend oder verwesend.

Paradis sagt zu mir:

– Das ist der Krieg.

– Jawohl, das ist der Krieg, wiederholt er mit abwesender Stimme. Nichts anderes.

Ich verstehe, was er sagen will: »Mehr noch als die Attacken, die einer Parade gleichen, mehr als die sichtbaren Schlachten, die wie Oriflammen sich ausbreiten, mehr noch als der ringende Nahkampf, bei dem man schreiend sich ereifert, mehr als das alles ist dieser Krieg: es ist die furchtbare, die übernatürliche Erschöpfung, Wasser bis an den Unterleib, und der Kot, und der Schmutz, und der gemeine Dreck. Dazu die verwesten Gesichter, zerfetzte Leiber und die Leichen, die keinem Leichnam ähnlich sind und auf der gefrässigen Erde schwimmen. Das ist der Krieg, jenes endlose, eintönige Elend, unterbrochen durch wilde Tragödien; das ist der Krieg, und nicht das Bajonett, das wie das Silber blitzt, auch nicht der Hahnenruf der Trompete im Sonnenglanz!«

Paradis dachte so ernsthaft darüber nach, dass er eine Erinnerung widerkaute und knurrend sprach:

– Weisst du noch, das Weib in der Stadt, wo wir vor kurzem waren, wie sie vom Angriff sprach, dass ihr die Spucke heraustropfte, als sie sagte: »Ein schöner Anblick muss das sein! ...«

Ein Jäger, der auf dem Bauch lag, flach wie ein Mantel, hob den Kopf aus dem Schatten, der ihn verdeckte und schrie:

– Schön! Ha! Verdammich! – Das ist grad, wie wenn eine Kuh sagen würde, der Anblick der Ochsenherden, die man in der Villette vorwärtspeitscht, sei schön!

Und der besudelte Mund seines tierischen Leichengesichtes spie in den Kot. – Wenn sie sagen, es sei nötig, meinetwegen, murmelte er mit seltsam abgebrochener, zerrissner und gähnender Stimme. Aber schön! Ha! Gottverdammich!

Er wehrte sich gegen diesen Gedanken und fügte laut hinzu:

– Mit solchem Zeug schwatzt man uns zu Tode und futiert sich um uns bis aufs Blut!

Dann spie er wieder aus; die Anstrengung aber, die er gemacht hatte, erschöpfte ihn und er fiel zurück in seine Kotlache und legte den Kopf in seinen Speichel.

*

Paradis, den sein Gedanke nicht ruhn liess, fuhr mit der Hand über die unbeschreibliche Landschaft und wiederholte starren Blickes seinen Satz:

– Das ist der Krieg ... und überall ist er so. Und wir, was sind wir, und was hat das hier alles zu bedeuten? Gar nichts. Alles, was du hier siehst, ist nur ein Punkt. Stell dir vor, heute morgen gibt's auf der Welt dreitausend Kilometer Menschen, die ebenso, oder nicht viel weniger unglücklich, oder noch unglücklicher sind als wir.

– Und dann, sagt neben uns ein Kamerad, den man auch an der Stimme, die aus seinem Inneren kommt, nicht mehr erkennt, und dann geht's morgen wieder von neuem los. Vorgestern und früher hatte es auch wieder von neuem angefangen.

Der Jäger riss seinen Körper mühsam von der Erde hoch, als ob er sie zerreissen wolle; feucht wie ein Grab war die Mulde, die er in die Erde eingedrückt hatte und er setzte sich in dieses Loch. Er zwinkerte mit den Augen, schüttelte den Kot von seinem Gesicht ab und sagte:

– Diesmal kommen wir noch davon. Und vielleicht kommen wir morgen auch noch davon! Wer weiss?

Paradis sass, den Rücken gebeugt, unter einer Humus- und Lehmschicht und versuchte zu erklären, dass man sich den Krieg nicht vorstellen könne, dass er unermesslich sei in der Zeit und im Raum.

Wenn man vom ganzen Krieg sprechen will, dachte er ganz laut, ist's, als ob man nichts sagen könnte. Es ersticken einem die Worte. Man sitzt da und starrt es an wie ein Blinder ...

Eine etwas entfernte Stimme rollte ihren Bass und meinte:

– Nein, man kann sich's nicht vorstellen. Diese Worte zerriss ein plötzliches Lachen.

– Ueberhaupt, wie soll sich's einer vorstellen, der nicht dabei war?

– Da müsste einer schon verrückt sein! sagte der Jäger.

Paradis beugte sich über eine Masse, die neben ihm ausgebreitet lag.

– Schläfst du?

– Nein, aber ich rühr mich nicht, murmelte gleich darauf eine erstickte und angsterfüllte Stimme; sie rieselte aus der Masse, die eine dichte und derart höckerige Lehmschicht bedeckte, dass es aussah, als sei man darauf getreten. Ich will dir was sagen: ich glaub, ich hab ein Loch im Bauch, ich weiss es nicht sicher, und ich fürchte mich, es zu wissen.

– Lass mal sehn ...

– Nein, jetzt noch nicht, sagte der Soldat. Ich möchte noch ein wenig so liegen bleiben.

Die andern plätscherten im Dreck herum, schleppten sich auf den Ellbogen vorwärts und schüttelten die höllische, teigige Kotschicht ab, die sie erdrückte. Allmählich taute dieses gemarterte Häuflein aus der lähmenden Kälte auf, obwohl der Tag über dem grossen, unregelmässigen Teiche der sinkenden Ebene nicht heller wurde. Die Trübsal ging weiter, aber der Tag blieb stehn.

Einer von uns sprach traurig wie eine Glocke und sagte:

– Und nachher kannst du lange erzählen, keiner wird's glauben. Nicht aus Böswilligkeit oder um dich aufzuziehn, aber man wird's einfach nicht können. Wenn du später mal sagst, wenn du überhaupt noch lebst und reden kannst: »Wir haben Nachtarbeiten gemacht, dann sind wir beschossen worden und dann sind wir beinah im Kot ertrunken«: »So«, wird's da einfach heissen; oder vielleicht sagt einer »Um's Lachen war's euch wohl nicht dabei.« Weiter nichts. Keiner wird davon eine Ahnung haben, nur du allein wirst es wissen.

– Nicht einmal wir, nicht einmal wir! schrie einer. – Ich glaub's auch, wir werden's vergessen, wir ... werden's schon vergessen, Alter!

– Wir haben zu viel gesehn!

– Und alles, was wir gesehn haben, ist zuviel. So viel Zeug kann man gar nicht aufbewahren; dazu ist man nicht geschaffen. Es entwischt nach allen Seiten; unsereins ist halt zu klein.

– Und nicht zu knapp werden wir vergessen! Nicht nur wie lang's gedauert hat mit dem Elend, das unberechenbar ist, wie du sagst; nicht nur die Märsche, die die Felder pflügen und überpflügen, die Füsse abschinden, die Knochen abnützen unter der Last des Gepäcks, das in den Himmel hineinwächst und die Müdigkeit, dass du deinen Namen nicht mehr weisst, das Rumstehen und die Unbeweglichkeit, die einen erschöpft, die Arbeiten, zu denen die Kräfte nicht ausreichen, die endlosen Wachen, wo du dem Feind auflauerst, der überall ist, und dich gegen den Schlaf wehrst und gegen das Mist- und Läusekissen. Nicht nur das, sondern die Hundsgeschichten mit den Platzgranaten und den Maschinengewehren, den Minen, dem Stickgas und den Gegenangriffen. Im Augenblick selbst ist man voll vom Eindruck der Wirklichkeit. Aber das verblasst in der Erinnerung und verfliegt, du weisst nicht wie, und weisst nicht wohin; und es bleibt nur der Name übrig, nur die Worte, wie in einem Generalstabsbericht.

– Er hat recht, sagte einer, der seinen Kopf unbeweglich wie in einem Schandpfahl hielt. Als ich auf Urlaub war, hab ich gemerkt, dass ich schon manches vergessen hatte. Ich hab Briefe von mir wieder durchgelesen; dabei glaubte ich, in einem fremden Buche zu lesen. Und auch das hab ich vergessen, was ich im Krieg gelitten hab. Vergess-Maschinen sind wir. Der Mensch ist ein Ding, das ein wenig nachdenkt; vor allem aber vergisst er. Das ist der Mensch.

– Wir nicht, und die andern werden's auch nicht wissen! Soviel Unglück ist also verloren gegangen.

Diese Aussicht erhöhte noch das Elend dieser Menschen und bedeutete für sie soviel wie die Nachricht eines noch grösseren. Unheils, das sie noch tiefer in den Untergang zerrte.

– Ja! wenn einem das alles in der Erinnerung bliebe! rief einer aus.

– Wenn man's nicht vergessen würde, sagte der andere, so gäb's keinen Krieg mehr!

Ein dritter aber fügte feierlich hinzu:

– Ja, wenn die Erinnerung daran bliebe, so wäre dieser Krieg weniger nutzlos, als er es ist.

Da hob sich mit einemmale einer dieser liegenden Ueberlebenden auf die Knie, schüttelte seine schmutzigen Arme, von denen der Kot herunterfiel, und schrie dumpf und schwarz wie eine grosse, klebrige Fledermaus:

– Nach diesem Kriege darf es keinen andern Krieg mehr geben!

Aus der kotigen Ecke heraus, in der uns Schwache und Machtlose der Wind anfauchte und so wütend anpackte, dass die Erde wie ein

Wrack zu beben schien, drang der Schrei jenes Menschen, der davonzufliegen schien, und weckte andre ähnliche Ausrufe:

– Es darf nach diesem Kriege kein andrer Krieg mehr kommen!

Die dumpfen, wütenden Worte dieser Menschen, die an die Erde gefesselt, von Erde durchdrungen waren, stiegen und flogen in den Wind wie Flügelschläge.

– Keinen Krieg mehr, keinen Krieg mehr!

– Ja, es ist genug!

– Es ist zu blöd ... zu blöd, murrten sie. Was soll das alles eigentlich bedeuten, all das, was nicht einmal in Worte zu fassen ist!

Sie redeten alles mögliche durcheinander und knurrten wie wilde Tiere, mit düsteren, zerfetzten Gesichtsmasken, auf ihrer Eisbank, von der sie die Elemente zu vertreiben trachteten. Die Empörung, die sie aufpeitschte, war so gross, dass sie an ihr erstickten.

– Zum Leben ist man doch geboren und nicht um derart zu verrecken!

– Die Männer sollen doch Gatten und Väter sein – Menschen überhaupt! – und nicht Bestien, die einander hetzen, erwürgen und verpesten.

– Und überall, überall sind's Bestien, wilde Bestien oder zertretene Tiere. Schau, schau dich um!

... Nie werde ich den Anblick jener grenzenlosen Felder vergessen, deren Farben vom Wasser zerfressen waren, und die Höcker, die, von der Fäulnis angefressen, allenthalben zerbröckelten, überall an den zerschlagenen Gerippen der Pfähle, der Drähte, der Holzgerüste – und über die finstren Endlosigkeiten des Styx die Vision, das Beben einer Vernunft, einer Logik und einer Einfachheit, die jene Menschen urplötzlich wie ein Wahnsinn erschüttert halte.

Man sah, wie sie der Gedanke quälte: dass nämlich der Versuch, auf Erden sein Leben zu leben und glücklich zu sein, nicht nur ein Recht sei, sondern eine Pflicht – ein Ideal sogar und eine Tugend; dass die Gesellschaft nur dazu da ist, jedem Innenleben mehr Lebensmöglichkeit zu verschaffen.

– Leben! ...

– Wir! ... Du ... Ich ...

– Keinen Krieg mehr ... Nein, nie wieder! ... Es ist zu dumm ... Schlimmer noch als das, es ist ...

Da kam ein Wort und antwortete wie ein Widerhall ihrem wirren Gedanken und dem zerstückelten Gemurmel dieser Masse ... Ich sah eine kotgekrönte Stirne sich erheben, und der Mund sprach am Rande der Erde:

– Zwei Armeen, die sich bekämpfen, sind eine grosse Armee, die Selbstmord an sich übt!

*

– Was sind wir denn seit zwei Jahren? Arme, unglaublich unglückliche Menschen, aber wir sind auch Wilde, brutale Banditen, Hunde.

– Noch mehr als das! knurrte einer, der keinen andern Ausdruck mehr fand. – Ja, ich gestehe es!

In der trostlosen Stille jenes Morgens begannen diese Männer, die die Erschöpfung gefoltert, der Regen gepeitscht und eine ganze Donnernacht erschüttert hatte, diese Ueberlebenden, die dem Feuer und dem Ertrinken entwischt waren, diese Menschen begannen zu verstehn, wie scheusslich der Krieg ist, moralisch und physisch, und dass er nicht nur den Verstand schändet, die grossen Ideen beschmutzt und alle Verbrechen befiehlt – sondern sie erinnerten sich, wie sehr er in ihnen und in ihrer Umgebung die schlechten Triebe ohne Ausnahme entfesselt hatte: die Bösartigkeit bis zum Sadismus, die Ichsucht bis zur tierischen Wut, die Genusssucht bis zum Wahnsinn.

Alles das stellen sie sich jetzt vor, wie sie sich vorhin ihr Elend vorgestellt haben. Verwünschungen bersten in ihnen, versuchen auszubrechen und möchten in Worten aufgehn. Sie stöhnen; sie schreien. Es hat den Anschein, als möchten sie sich mit aller Anstrengung vom Irrtum und von der Unwissenheit befreien, die sie wie der Kot beschmutzt, und als möchten sie endlich den Grund ihrer Strafe erkennen.

– Und was dann? rief der eine.

– Was dann? wiederholt der andere noch feierlicher.

Der Wind lässt die überschwemmte Ebene erzittern, und indem er die knienden und liegenden Menschenhaufen aufrüttelt, entreisst er ihnen bebende Worte. – Es wird keinen Krieg mehr geben, schimpft ein Soldat, wenn's kein Deutschland mehr gibt.

– Nein, so ist es nicht richtig gesagt! schreit ein anderer. Das genügt noch nicht. Erst wenn der Geist des Krieges besiegt sein wird, wird's keinen Krieg mehr geben!

Da aber der tobende Wind seine Worte halb erstickt, hebt er den Kopf und wiederholt, was er gesagt hatte.

– Deutschland und der Militarismus, stottert schnell die Wut eines andern, das ist dasselbe. Sie haben den Krieg mit Vorbedacht gewollt. Sie sind der Militarismus.

– Der Militarismus ..., fährt ein Soldat fort.

– Was ist Militarismus? fragt eine Stimme.

– Es ist ... es ist die brutale Gewalt, die plötzlich und zu einer gewissen Zeit niederfährt. Es heisst ein Bandit sein.

– Jawohl und heute heisst der Militarismus Deutschland.

– Ja, aber morgen, wie wird er morgen heissen?

– Ich weiss es nicht, sagt eine Stimme feierlich wie ein Prophet.

– Solang der Geist des Krieges nicht getötet ist, wird's Keilereien geben, solang die Weltgeschichte geht.

– Man muss ... Man muss ...

– Man muss den Krieg auskämpfen! gurgelt die rauhe Stimme eines Körpers, der seit unserm Aufwachen in dem alles verschlingenden Kot zum Steinklotz geworden ist. Man muss! – und der Körper dreht sich schwerfällig um. – Alles was wir haben, müssen wir hergeben, unsre Kraft und unsre Haut, und unsre Herzen und unser ganzes Leben, auch die Freuden, die uns noch übrig blieben! Unser Sklavenleben müssen wir mit beiden Händen annehmen! Alles muss ertragen werden, sogar die Ungerechtigkeit, die jetzt regiert, und der Skandal und alle Schweinereien, die man sieht – alles das, um dem Krieg ein Ende zu setzen, um zu siegen! Aber, wenn ein derartiges Opfer gebracht werden muss, fügt die unförmige Gestalt verzweifelt hinzu, indem sie sich noch mehr umkehrt, so ist das nur, weil man für einen Fortschritt kämpft und nicht für ein Land; gegen einen Irrtum und nicht gegen ein Land.

– Der Krieg muss getötet werden, sagt der erste, der Krieg muss in Deutschlands Bauch getötet werden!

– Jawohl, meint einer, der wie ein Schössling im Boden eingewurzelt dasass, allmählich wird's einem klar, wofür man in den Krieg gezogen ist.

– Und doch, murmelt seinerseits der Jäger, der zusammengekauert sass, es gibt welche, die sich mit einer andern Idee im Schädel schlagen. Ich hab welche gesehn, junge Kerle, die sich nicht schlecht über die Humanitätsgedanken lächerlich machten. Die Hauptsache war für sie die nationale Frage und weiter nichts und der Krieg eine vaterländische Sache: dabei rückt ein jeder das eigne Vaterland ins hellste Licht, und weiter nichts. Und die schlugen sich und schlugen sich tapfer.

– Sie sind noch jung, die kleinen Burschen, die du meinst. Jung sind sie, musst ihnen verzeihn.

– Man kann schon seine Pflicht tun, ohne recht zu wissen, was man eigentlich tut.

– Wahr ist es schon, die Menschen sind verrückt. Das wird man nie oft genug wiederholen können!

– Die Chauvinisten, das ist das Ungeziefer ..., knurrt ein Schatten.

Dann wiederholten sie mehrere Male, als ob sie sich daran vorwärtstasteten:

– Man muss den Krieg töten. Den Krieg, ihn!

Einer von uns, der seinen Kopf im Gerüste seiner Schultern unbeweglich hielt, versteifte sich auf seine Idee:

– Das sind alles leere Sprüche. Ob du dies oder jenes glaubst, ist ganz Wurst! Siegen musst du, weiter nichts.

Aber die andern hatten zu grübeln angefangen. Sie wollten wissen und über die Gegenwart hinausblicken. Sie bebten und versuchten aus sich selbst eine leuchtende Weisheit und einen Willen zu erzeugen. Unzusammenhängende Ueberzeugungen wirbelten ihnen im Kopf herum und über ihre Lippen kamen verworrene Glaubensfragmente.

– Jawohl ... Ja ... Aber man muss die Dinge ins Auge fassen ... Alterchen, musst immer ans Endresultat denken. – Das Endresultat! In diesem Kriege Sieger sein, versteift sich der Ecksteinmensch, ist das kein Endresultat?

Da antworteten zwei Stimmen miteinander:

– Nein!

*

In diesem Augenblick entstand ein dumpfer Lärm. Schreie fuhren auf und ein Schaudern überkam uns.

Eine ganze Lehmwand hatte sich vom Hügel, an dem wir durcheinander angelehnt waren, losgelöst und deckte mitten unter uns eine Leiche auf, die mit gestreckten Beinen auf dem Boden sass.

Vom Erdrutsch barst oben am Hügel eine Erdfalte, in der sich das Wasser angesammelt hatte; ein Wasserfall ergoss sich über die Leiche und spülte sie, während wir herumhockten und zuschauten.

– Er hat ein ganz schwarzes Gesicht! schrie einer.

– Was ist das für ein Gesicht? fragte ein andrer mit bebender Stimme.

Die es noch konnten, krochen wie Kröten im Kreise heran. Das Gesicht stand wie ein Relief an der Wand, die der Erdrutsch blossgelegt hatte, aber man konnte seine Züge nicht mehr erkennen.

– Sein Gesicht! Das ist gar nicht sein Gesicht! An Stelle des Antlitzes entdeckte man einen Haarschopf. Dann bemerkte man, dass dieser scheinbar sitzende Leichnam geknickt und im Kreuz gebrochen war.

Wir betrachteten in schrecklichem Schweigen den senkrechten Rücken, den uns diese ausgerenkten Ueberreste zukehrten, diesen hängenden und nach vorn gebogenen Arm und die beiden Beine, die auf dem Boden ausgestreckt waren und ihre Fussspitzen in der weichen Erde stützten.

Dann begann die Diskussion angesichts dieses grauenhaften Schläfers von neuem. Dabei schrien sie wütend, als ob der Tote lauschte.

– Nein! der Sieg ist kein Resultat, nicht sie, sondern den Krieg muss man erwischen.

– Hast du's denn noch nicht verstanden, dass man erst mit diesem Krieg aufräumen muss? Wenn das verschoben werden soll, dann nützt alles, was bis jetzt gemacht worden ist, rein nichts. Schau her, es nützt nichts. Die zwei oder drei oder noch mehr Jahre, die ganze Katastrophe war für die Katz.

*

– Ja, wenn alles, was man erlitten hat, nicht das Ende dieses grossen Unglückes bedeutet, – ich halte am Leben fest: hab Frau und Kinder und 's Haus drum herum; ich hab mir schon für nachher alles zurecht überlegt, ja ... und doch, möcht ich sonst lieber sterben.

– Ich sterbe, klang es genau in demselben Augenblick neben Paradis wie ein Echo; der Verwundete hatte offenbar seine Bauchwunde angesehn; dann sagte er noch:

– Ich sterbe ungern wegen meiner Kinder.

– Ich, murmelte eine andre Stimme, ich sterbe gern, weil ich Kinder hab. Ich sterbe, also weiss ich, was ich sage, und sag mir: »Sie werden Frieden haben, die Kinder!«

– Ich werde vielleicht nicht sterben, sagte ein andrer mit zitternder Hoffnung, die er selbst angesichts der Verurteilten nicht beherrschen konnte, aber ich werde leiden. Darum sage ich: meinetwegen, ich sage sogar: um so besser; ich werd noch mehr Leiden ertragen können, wenn ich weiss, dass es für etwas nützlich ist!

– Ja, wird man sich nach dem Krieg noch weiter rumhauen müssen?

– Vielleicht ja ...

– Hast du so noch nicht genug!

– Grad weil ich keinen Krieg mehr will! schimpfte einer.

– Und diesmal vielleicht nicht gegen Fremde.

– Kann schon sein ...

Ein noch wütenderer Windstoss blies uns die Augen zu und erstickte uns. Als er vorbei war und man sah, wie der Sturm über die Ebene jagte, ihre Kotfetzen schüttelte und in die Wassergräben fuhr, die wie das lange Grab eines Heeres klafften, meinte einer:

– Was macht letzten Endes die Grösse und die Schrecken des Krieges aus? – Die Grösse der Völker.

– Und die Völker, das sind wir!

Der dies sagte, schaute mich fragend an.

– Ja, sagte ich zu ihm, es ist wahr, alter Bruder! Mit uns allein macht man die Schlachten. Wir sind der Stoff, aus dem der Krieg gemacht wird. Der Krieg besteht allein aus dem Leib und aus der Seele des einfachen Soldaten. Wir bilden die Totenfelder und die Blutströme, wir alle, die wir als einzelner unsichtbar und stumm in der ungeheuren Zahl aufgehn. Die verlassenen Städte, die zerstörten Dörfer, alles das ist Wüste, weil wir nicht mehr dort sind. Ja, alles sind wir selbst, voll und ganz.

– Ja, es ist wahr. Die Völker sind der Krieg; ohne sie wäre nichts, nichts oder nur ein wenig Lärm, ein Gekreische aus der Ferne. Aber es sind nicht die Völker, die den Krieg entscheiden. Das besorgen die Herren, die ihn führen.

– Die Völker kämpfen heute, um sich frei zu machen von den Herren, die sie führen. Dieser Krieg ist wie die Fortsetzung der französischen Revolution.

– In diesem Falle also arbeiten wir auch für die Preussen?

– Hoffentlich wohl, sagte einer jener Unglücklichen, die in der Ebene lagen.

– Das soll der Teufel holen! knirschte der Jäger. Aber er nickte mit dem Kopf und schwieg.

– Denken wir an uns! Die fremden Angelegenheiten gehn uns nichts an, murrte der verdriessliche Dickkopf. – Doch! Die gehn uns wohl was an ... denn was du die Fremden nennst, das sind eben nicht die Fremden, sondern die sind wie wir!

– Warum sollen wir denn immer für die ganze Welt herhalten!

– Das ist mal so, sagte einer und wiederholte die Worte, die er soeben ausgesprochen hatte: Um so schlimmer oder um so besser!

Die Völker bedeuten nichts und sollten doch alles sein, meinte der, der mich befragt hatte; dabei sprach er, ohne es zu wissen, einen historischen und über hundert Jahre alten Satz aus, verlieh ihm aber endlich seine grosse, universelle Bedeutung.

Der Sprechende, der der Katastrophe entkommen war, hockte auf allen Vieren im öligen Schlamm der Erde, hob sein aussätziges Gesicht und blickte gierig vor sich hin ins Unendliche.

Er schaute und schaute. Er versuchte die Tore des Himmels zu öffnen.

*

Die Völker müssten sich verständigen durch die Haut derer und auf dem Bauch jener, die sie auf die eine oder die andere Art ausbeuten. Alle Massen sollten sich verständigen.

– Alle Menschen sollten endlich gleich sein. Dieses Wort tönte uns wie eine Rettung entgegen.

– Gleich ... ja ... ja ... Es gibt grosse Gedanken der Gerechtigkeit und der Wahrheit. Es gibt Dinge, an die man glaubt, denen man entgegensieht und an die man sich festklammert wie an eine Lichtquelle. Vor allem die Gleichheit.

– Es gibt auch Freiheit und Brüderlichkeit.

– Vor allen gibt es Gleichheit!

Ich sage ihnen dann, dass die Brüderlichkeit ein Traum sei, ein verschwommenes Gefühl, ohne Bestand; es ist zwar nicht menschlich, einen Unbekannten zu hassen, aber es ist auch nicht menschlich, einen Unbekannten zu lieben. Auf die Brüderlichkeit kann man nichts aufbauen. Ebensowenig auf die Freiheit: sie ist etwas zu Relatives in einer Gesellschaft, in der die Gegenwart eines jeden die Existenz des andern beeinträchtigt.

Aber die Gleichheit bleibt sich ewig gleich. Die Freiheit und die Brüderlichkeit sind Worte. Die Gleichheit (die soziale Gleichheit natürlich, denn die Individuen haben mehr oder weniger Wert; aber jeder soll im gleichen Mass an der Gesellschaft Anteil haben; dies ist gerecht, denn das Leben des einen ist ebenso gross wie das Leben des andern). Die Gleichheit ist die grosse Formel der Menschheit. Ihre Bedeutung ist ungeheuer. Die Gleichheit der Rechte einer jeden Kreatur und die Gleichheit des heiligen Willens der Mehrheit sind unfehlbar und müssen unbesiegbar sein – sie wird alle Fortschritte bringen, alle, mit einer wahrhaft göttlichen Kraft. Vor allem wird dieses Prinzip die grosse, ausgeglichene Basis für jeden Fortschritt schaffen: die Regelung der Streitigkeiten durch die Gerechtigkeit, was dem allgemeinen Interesse genau gleichkommt. Diese Männer aus dem Volk, die hier beisammen liegen, ahnen eine noch unbestimmte Revolution, die noch grösser sein wird als die andre und deren Quelle sie sind und die ihnen bereits in die Kehle steigt; sie rufen aus:

– Gleichheit! ...

Es ist, als ob sie das Wort buchstabierten und dann überall klar geschrieben sähen – und als gab es auf der Welt kein Vorurteil, kein Vorrecht und keine Ungerechtigkeit, die davor nicht zu Schanden würde. Das Wort birgt die Lösung aller Fragen und ist ein göttliches Wort. Sie betrachten es von allen Seiten und entdecken in ihm eine Art Vollkommenheit. Und sie sehn alle Ungerechtigkeiten in einem blendenden Lichte brennend untergehn.

– Es wäre schön, sagt einer.

– Es ist zu schön, um wahr zu sein! antwortet ein anderer.

Aber ein dritter sagt:

– Es ist schön, weil es wahr ist; das ist seine einzige Schönheit. Und dann ... nicht weil es schön ist, wird es einmal sein. Die Schönheit ist nicht im Kurs, ebensowenig wie die Liebe. Aber es ist wahr, und ist deshalb unabwendbar.

– Wenn doch die Völker Gerechtigkeit wollen und die Völker die Macht vorstellen, so sollen sie auch die Gerechtigkeit einführen.

– Sie beginnen bereits damit, sagte eine dunkle Stimme.

– So wie alle Dinge ins Rollen kommen, verkündete eine andere Stimme. – Wenn alle Menschen gleich sein werden, werden sie notgedrungen zusammenstehn.

– Dann werden nicht mehr dreissig Millionen Menschen unter dem Himmel Dinge ausführen, die sie selbst nicht wollen.

Das ist wahr. Dagegen lässt sich nichts sagen. Welchen Schatten eines Argumentes, welchen Schein einer Antwort könnte man, wagte man, diesem Satze entgegenzuhalten: »Dann werden nicht mehr dreissig Millionen Menschen unter dem Himmel Dinge ausführen, die sie selbst nicht wollen.« Ich lausche und folge der Logik jener Armseligen, die in die Schmerzensebene verschlagen sind und aus deren Wunden und aus deren Schmerzen die Worte quellen, die Worte, die sie blutend von sich geben.

Und jetzt bedeckt sich der Himmel. Dichte, bläuliche Wolken bepanzern ihn nach der Erde zu. Darüber fegen Riesenstreifen, feuchten Staubes durch den zinnernen Glanz des schwachen Lichtes. Ein düsteres Weiter steigt auf. Es wird noch regnen. Der Sturm ist noch nicht zu Ende und auch die lange Leidenszeit ist noch nicht vorbei.

– Und das wird man sich fragen, sagte der eine: »Weshalb schliesslich wird Krieg geführt?« Weshalb, man weiss es nicht; aber für wen er geführt wird, das kann man sagen. Schliesslich wird man notgedrungen erkennen, dass, nachdem alle Nationen dem Kriegsgötzen die frischen Leiber von fünfzehnhundert jungen Männern täglich als Schlachtopfer bringen, es nur im Interesse einiger Führer geschieht, die man an den Fingern abzählen kann; dass sich ganze Völker herdenweise zur Schlachtbank führen lassen, damit eine goldbetresste Kaste ihre Prinzennamen ins Buch der Geschichte schreiben kann, und damit die andern, ebenfalls goldgeschmückten Leute, die zur selben Gesellschaft gehören, mehr Geschäfte machen können – aus persönlichen Rücksichten und im Interesse einzelner Krämer also. – Und den sehenden Augen wird es klar werden, dass die Trennung, die zwischen den Menschen besteht, nicht diejenige ist, die man annimmt, und dass jene, an die man bisher glaubte, gar nicht besteht.

– Horch! unterbrach ihn plötzlich einer.

Man verstummt und hört in der Ferne das Donnern der Kanone. Dort erschüttert ihr Rollen die Luft, und das ferne Gewitter schlägt schwach an unsre vergrabenen Ohren; um uns aber dringt die Ueberschwemmung immer tiefer in die Erde und zieht langsam die Höhen mit hinein.

Es geht wieder los ...

Dann meint einer von uns:

– Herrgott, wogegen werden wir nicht alles noch ankämpfen müssen!

Schon spricht eine Angst, ein Zweifel aus der tragischen Unterredung, die sich unter diesen verlorenen Menschen wie ein ungeheures Meisterwerk des Schicksals verbreitet. Es beginnt nicht nur das endlose Leiden wieder und die Gefahr und die elenden Zeiten, sondern auch die Feindseligkeit der Dinge und der Menschen gegen die Wahrheit, gegen die aufgestapelten Vorrechte, gegen die Unwissenheit, gegen die tauben Ohren und den schlechten Willen, gegen die vorgefassten Meinungen und die Starrköpfigkeit der bestehenden Zustände, die nicht ins Schwanken zu bringen und deren Knoten nicht zu lösen sind.

Und der tastende Traum der Gedanken geht in jene Vision über, in der die ewigen Feinde aus den Schatten der Vergangenheit hervortreten und in die wütenden Schatten der Gegenwart hineinstürmen.

Da sind sie ... Als fahre am Himmel die Vision über die Kämme des Gewitters, das die Welt in Trauer stürzt; sie kommen, die reitenden Kämpfer, im blendenden Galopp – Schlachtpferde und Rüstungen, Tressen und flatternde Federbüsche, Kronen und Schwerter ... Man sieht sie deutlich, sie wälzen sich vorüber und blitzen in prunkender Pracht, und hängen voller Waffen. Und die kriegerischen Reiter spalten mit ihren altmodischen Gesten die Wolken, die am Himmel stehn wie auf der Theaterbühne.

Von allen vier Ecken des Horizontes wogt es heran über die fiebernden Blicke hinweg, die von der Erde aufsteigen, über die Leiber, die der gemeinste Kot der Erde und der zertretenen Felder überhäuft, es verdrängt die Unendlichkeit des Himmels und verdeckt die blauen Tiefen.

Und es sind Legionen. Nicht nur die Kaste der Krieger, die zum Kriege brüllen und ihn anbeten, nicht nur die, denen die allgemeine Knechtschaft eine magische Macht verleiht: die erblichen Machthaber, die hier und dort aufrecht stehn über der kniefälligen Menschheit und plötzlich auf die Wage der Gerechtigkeit drücken, weil's gilt, für sie zu einem bedeutenden Schlag auszuholen. Ihnen gesellt sich die grosse Masse, die bewusst oder unbewusst ihren fürchterlichen Privilegien dient.

– Es gibt, schreit in diesem Augenblick einer jener finstern und dramatischen Zwischenredner, und streckt dabei die Hand aus, als ob er's sähe, es gibt solche, die sagen: »Wie ist das alles schön!«

– Und solche, die sagen: »Die Rassen hassen einander!«

– Und solche, die sagen: »Ich werde fett vom Krieg, und mein Bauch wächst dabei!«

– Und solche, die sagen: »Es hat von jeher Kriege gegeben, also wird es auch fürderhin Kriege geben!«

– Dann gibt es solche, die sagen: »Ich sehe nicht weiter als meine Nasenspitze und verbiete den andern, weiter zu sehn!«

– Es gibt solche, die sagen: »Die Kinder kommen zur Welt mit roten oder blauen Hosen am Hintern!«

– Es gibt, fluchte eine heisere Stimme, es gibt solche, die sagen: »Schlagt die Augen nieder und glaubt an Gott!«

*

Jawohl! Recht habt ihr, ihr arme, zahllose Handwerker des Krieges, ihr, die ihr den ganzen, grossen Krieg mit euern eignen Händen vollbracht haben werdet, du Allmacht, die der Erfüllung des Guten noch nicht dient, du irdischer Haufe, darunter jedes Antlitz eine Welt voll Schmerzen ist, ihr, die ihr unter dem Himmel, wo lange Wolken zerreissen und wie böse Engel sich wirr entfalten, träumt gebeugt unter dem Joch eines Gedankens! – Ja, ihr habt recht. Alles das ist gegen euch. Alles das ist gegen euch, gegen euer grosses, allgemeines Interesse, das in der Tat eins ist mit der Gerechtigkeit, – und nicht nur die Säbelrassler, die Hamsterer und die, die im Trüben fischen, sind eure Feinde.

Es hat nicht nur die verruchten Anteilhaber, die Geldleute, die grossen und kleinen Geschäftemacher, die eingepanzert in ihren Banken und in ihren Häusern vom Kriege leben und während des Krieges in Frieden davon leben, mit ihrer versteckten Doktrin, die ihre Stirnen vernagelt, mit ihren Gesichtern, die wie ein Geldschrank verschlossen sind.

Es hat solche, die die Blitze der gekreuzten Klingen bewundern, und wie die Frauen von dem bunten Tuch der Uniformen träumen und schreien. Solche, die sich berauschen an der Militärmusik oder an Liedern, die man dem Volk einschenkt wie Schnaps, die Geblendeten, die Schwachen an Geist, die Fetischisten, die Wilden.

Die, die von der Vergangenheit leben und deren Wort im Munde führen, die Traditionellen, für die eine Vergewaltigung Gesetzeskraft hat, weil sie von jeher besteht; die, die sich von den Taten regieren lassen und die Zukunft und den leidenschaftlichen, bebenden Fortschritt den Geistern der Verstorbenen und den Ammenmärchen unterwerfen.

Zu ihnen gehören alle Priester, die euch aufreizen und mit dem Morphium ihres Paradieses einlullen möchten, damit alles beim Alten bleibe. Dazu die Advokaten – Nationalökonomen, Historiker und weiss ich noch was alles! – die euch mit theoretischen Phrasen verwirren, die den Kampf der nationalen Rassen unter sich proklamieren, wobei doch die geographische Einheit der modernen Nationen nur willkürlich durch die abstrakten Linien ihrer Grenzen bestimmt ist, und aus künstlich zusammengewürfelten Rassen besteht; und die zweifelhaften Genealogen, die der Eroberungssucht und der Raubgier falsche, philosophische Atteste und erfundene Adelsbriefe ausstellen. Die Gelehrten sind vielfach in einer Hinsicht Unwissende, die die Einfachheit der Dinge aus dem Auge verlieren und sie auswischen und durch Formeln und Einzelheiten verdunkeln. In den Büchern lernt man die kleinen Dinge, nicht die grossen.

Und wenn sie auch sagen, dass sie den Krieg nicht wollen, so machen sie doch alles, um ihn am Leben zu erhalten. Sie nähren die nationale Eitelkeit und die Vorliebe für das Machtprinzip. »Wir allein«, schreit ein jeder hinter seinem Gitter, »wir allein haben den Mut, die Ehrlichkeit, das Talent und den guten Geschmack für uns gepachtet!« Unter ihnen wird die Grösse und der Reichtum eines Landes zu einer gefrässigen Krankheit. Aus der Vaterlandsliebe, die wohl recht und gut ist, solange sie die Grenzen des Gefühlsmässigen und Künstlerischen nicht überschreitet, genau wie der ebenso heilige Familiensinn und die Vorliebe für die Provinz, aus all dem machen sie einen utopistischen und unmöglichen Begriff, der das Gleichgewicht der Welt stört, eine Art Krebsschaden, der alle Lebenskräfte aufsaugt, alles für sich in Anspruch nimmt und das Leben würgt und schliesslich durch Ansteckung den Krieg heraufbeschwört, oder einen gewappneten Frieden, der zur Erschöpfung und zur Lähmung führt.

Sie fälschen die anbetungswürdige Moral: Wie viele Verbrechen haben sie mit einem Wort zu Tugenden gemacht, indem sie sie nationale nannten! Selbst die Wahrheit gestalten sie um. An Stelle der ewigen Wahrheit setzt ein jeder seine nationale Wahrheit. Soviel Völker, soviel Wahrheiten, die einander nicht gelten lassen und die Wahrheit fälschen und sie verzerren.

Alle die Leute, die jene kindischen, ekelhaft lächerlichen Reden führen und die sich über eure Köpfe hinweg herumzanken: »Ich hab nicht angefangen, du hast angefangen! – Nein, ich bin's nicht gewesen, du warst es! – Fang doch du an! Nein, fang du an!«; alle diese Kindereien, die die ungeheure Weltwunde offen halten; denn nicht die eigentlichen Beteiligten haben das Wort, im Gegenteil; somit fehlt aber auch der rechte Wille, der Geschichte ein Ende zu machen; alle die Leute, die auf Erden keinen Frieden machen können oder wollen; alle die Leute, die sich aus dem einen oder andern Grund an die frühere Weltordnung anklammern, sie begründen und zu ihren Gunsten Beweise erfinden, diese Leute sind eure Feinde!

Sie sind eure Feinde wie heute die deutschen Soldaten, die hier bei euch liegen, eure Feinde und nur arme Leute sind, die man schnöde betrogen und abgestumpft hat, und die zu zahmen Tieren geworden sind ... Jene sind eure Feinde, wo sie auch geboren sind, ganz gleich, wie man ihren Namen ausspricht, ganz gleich, in welcher Sprache sie lügen. Schaut sie euch an im Himmel und auf Erden. Schaut sie euch überall an! Und merkt sie euch ein für allemal, damit ihr sie nie wieder vergesst!

*

– Sagen werden sie, schimpfte einer, der schief auf den Knien lag, die beiden Hände in der Erde hatte und seine Schultern wie eine Dogge schüttelte: »Mein Lieber, ein Held bist du gewesen, wunderbar!« Ich will nicht, dass mir einer so was sagt!

»Helden, ausserordentliche Wesen, Götzen? Dummes Zeug! Henker sind wir gewesen. Wir haben ehrlich das Henkerhandwerk ausgeübt. Und wir werden's noch weiter betreiben und sogar gründlich, weil es gross und wichtig ist, dieses Handwerk auszuführen, um den Krieg zu rächen und zu ersticken. Die Hand, die zum Töten ausholt, ist immer gemein – manchmal muss sie es, aber sie ist immer gemein. Jawohl, rohe und unermüdliche Schlächter sind wir gewesen, weiter nichts. Aber es soll mir keiner kommen und von Soldatentugenden sprechen, weil ich Deutsche getötet habe.

Mir auch nicht, rief eine andre Stimme so laut, dass ihr niemand hätte antworten können, selbst wenn es einer gewagt hätte, auch mir nicht, weil ich Franzosen das Leben gerettet habe! Denn sonst lasst uns die Feuersbrunst verherrlichen, weil sie uns Gelegenheit gibt, uns als edle Retter zu zeigen!

– Es wäre ein Verbrechen, die schönen Seiten des Krieges zu zeigen, murmelte einer jener düstren Soldaten, selbst wenn es welche gäbe!

– Und man wird dir's doch sagen, fuhr der erste fort, als Ruhmeslohn und auch als Lohn für das, was man nicht getan hat. Aber der Kriegerruhm selbst ist nicht für uns einfache Soldaten. Der gehört einigen wenigen; sonst aber, abgesehn von diesen Auserwählten, ist der Soldatenruhm eine Lüge wie alles, was im Kriege nach Schönheit riecht. In Wirklichkeit ist das Opfer des Soldaten ein dunkles Verschwinden. Die, die in Haufen die Angriffswellen bilden, tragen keinen Lohn davon. Nie wird man ihre Namen, ihre kleinen winzigen Namen zusammenbringen können.

– Geht uns 'n Dreck an, antwortete einer. Wir haben an anderes zu denken.

– Aber darfst du das laut sagen? meinte ein verdecktes Gesicht, das der Kot wie eine hässliche Hand versteckte. Verdammen, auf den Scheiterhaufen brächten sie dich! Um den Helmbusch haben sie eine Religion gedichtet, die ebenso bös, ebenso dumm und verbrecherisch ist wie die andere!

Dann richtete sich der Soldat auf, stürzte zusammen und richtete sich abermals auf. Unter dem schmutzigen Kotpanzer trug er eine

Wunde und befleckte den Boden; als er aber seinen Satz ausgesprochen hatte, starrte er mit weitgeöffnetem Auge sein ganzes Blut an, das er zur Genesung der Welt geopfert hatte.

*

Die andern richten sich nacheinander auf. Das Gewitter verdichtet sich und senkt sich auf die weiten, zerschundenen und gefolterten Felder. Der Tag ist mit Nacht geschwängert. Und es ist, als ob unaufhörlich feindliche Menschengestalten und Männerbanden auf den Gipfeln der Wolken neu erständen, geschart um die barbarischen Silhouetten der Kreuze, der Adler, der Kirchen, der Herrscherpaläste und der Heerestempel, als ob sie ungeheuerlich anwüchsen und die Sterne verdunkelten, die Sterne, deren Zahl kleiner ist als die der Menschen. Es ist sogar, als ob sich jene Geister überall in allen Erdlöchern rührten, hier und dort zwischen den wirklichen Lebewesen, die über die Ebene zerstreut sind und wie Samenkörner halb in der Erde stecken. Meine überlebenden Gefährten sind endlich aufgestanden; sie stehn nur mühsam aufrecht auf dem eingestürzten Boden, eingeschlossen in ihren schmutzigen Kleidern, in ihren engen, seltsamen Kotsärgern, und sie ragen in ungeheuerlicher Einfachheit aus der Erde, die so tief ist wie die Unwissenheit; sie bewegen sich, schreien, starren den Himmel an und strecken Arme und Fäuste gegen ihn, der den Tag und das Unwetter auf die Erde schickt. Sie wehren sich gegen siegreiche Phantome wie Cyranos und Don Quichottes, die sie noch immer sind. Man sieht, wie sich ihre Schatten auf dem grossen, traurigen, glänzenden Boden bewegen und wie sie die fahle, starre Fläche der alten Gräber wieder spiegelt, die alten, bleichen Gräben, in denen einzig die unendliche Leere wohnt, mitten in der Polarwüste mit ihrem dunstigen Horizont.

Aber die Augen sind ihnen aufgegangen. Sie verstehn allmählich die grenzenlose Einfachheit der Dinge. Und die Wahrheit weckt in ihnen ein hoffnungsvolles Morgenrot und richtet Kraft und Mut wieder frisch auf.

– Jetzt haben wir genug über die andern gesprochen, befiehlt einer von ihnen. Lassen wir die andern jetzt! ... Wir! wir alle! ...

Die Verständigung der Demokratien, die Verständigung der Massen, das Aufstehn des Weltvolkes, der Glaube an seine brutale

Einfachheit. Alles andere, alles andere in der Gegenwart und der Zukunft ist vollständig gleichgültig. Und ein Soldat wagte es, diesen Satz hinzuzufügen, den er dennoch mit fast leiser Stimme begann:

– Wenn dieser Krieg den Fortschritt um eine Stufe weiter gebracht hat, so wird sein Unglück und wird seine Schlächterei wenig zu bedeuten haben.

Und während wir uns aufmachen, die andern einzuholen und den Krieg wieder aufs neue aufzunehmen, spaltet sich der schwarze Wolkenhimmel leise über unsern Häuptern. Zwischen zwei finstre Wolkenmassen dringt ein ruhiges Licht; dieser Lichtstreifen aber, so dünn er auch ist, so trauerschwer und so armselig, dass er nachdenklich erscheint, verkündet uns, dass es dennoch eine Sonne gibt.

Dezember 1915.

Über tredition

Eigenes Buch veröffentlichen

tredition wurde 2006 in Hamburg gegründet und hat seither mehrere tausend Buchtitel veröffentlicht. Autoren veröffentlichen in wenigen leichten Schritten gedruckte Bücher, e-Books und audio-Books. tredition hat das Ziel, die beste und fairste Veröffentlichungsmöglichkeit für Autoren zu bieten.

tredition wurde mit der Erkenntnis gegründet, dass nur etwa jedes 200. bei Verlagen eingereichte Manuskript veröffentlicht wird. Dabei hat jedes Buch seinen Markt, also seine Leser. tredition sorgt dafür, dass für jedes Buch die Leserschaft auch erreicht wird.

Im einzigartigen Literatur-Netzwerk von tredition bieten zahlreiche Literatur-Partner (das sind Lektoren, Übersetzer, Hörbuchsprecher und Illustratoren) ihre Dienstleistung an, um Manuskripte zu verbessern oder die Vielfalt zu erhöhen. Autoren vereinbaren direkt mit den Literatur-Partnern die Konditionen ihrer Zusammenarbeit und partizipieren gemeinsam am Erfolg des Buches.

Das gesamte Verlagsprogramm von tredition ist bei allen stationären Buchhandlungen und Online-Buchhändlern wie z. B. Amazon erhältlich. e-Books stehen bei den führenden Online-Portalen (z. B. iBookstore von Apple oder Kindle von Amazon) zum Verkauf.

Einfach leicht ein Buch veröffentlichen: **www.tredition.de**

Eigene Buchreihe oder eigenen Verlag gründen

Seit 2009 bietet tradition sein Verlagskonzept auch als sogenanntes "White-Label" an. Das bedeutet, dass andere Unternehmen, Institutionen und Personen risikofrei und unkompliziert selbst zum Herausgeber von Büchern und Buchreihen unter eigener Marke werden können. tradition übernimmt dabei das komplette Herstellungs- und Distributionsrisiko.

Zahlreiche Zeitschriften-, Zeitungs- und Buchverlage, Universitäten, Forschungseinrichtungen u.v.m. nutzen diese Dienstleistung von tradition, um unter eigener Marke ohne Risiko Bücher zu verlegen.

Alle Informationen im Internet: **www.tredition.de/fuer-verlage**

tradition wurde mit mehreren Innovationspreisen ausgezeichnet, u. a. mit dem Webfuture Award und dem Innovationspreis der Buch Digitale.

tradition ist Mitglied im Börsenverein des Deutschen Buchhandels.

Dieses Werk elektronisch lesen

Dieses Werk ist Teil der Gutenberg-DE Edition DVD. Diese enthält das komplette Archiv des Projekt Gutenberg-DE. Die DVD ist im Internet erhältlich auf **http://gutenbergshop.abc.de**

Zeitfracht Medien GmbH
Ferdinand-Jühlke-Straße 7
99095 Erfurt, Deutschland
produktsicherheit@kolibri360.de